# 獣（けもの）となりても

JN264938

剛（ごう）しいら

ILLUSTRATION
北沢（きたざわ）きょう

# 獣となりても

# 建国二〇〇〇年

古の予言者は語った。

文明の熟する時、死すら冒瀆する悪魔が世に現れると。

その予言者の言葉が、あまりにも当たることを恐れた神官達は、予言書を神殿の奥深くに隠し、二度と誰にも読まれないようにしてしまった。

その予言書が広く読まれていたら、あるいはこんな悲劇は起こらなかったのかもしれない。

それとも運命というものは、どうあらがおうとも決められたままで、避けることは叶わないものなのだろうか。

その年、西の大国と呼ばれる『ミラン』は建国二千年を迎えていた。

伝説の大王マーベリック一世が、近隣諸国をすべて制覇して建国を成した後、ここガラシアを首都と定めた。

以来、内乱、隣国との戦争、後継者を巡る謀略など、様々な問題はあったが、建国二千年祭を間近に控えた今、国力と威信は揺るぎないものになっていた。

豊かさを誇示するかのように、ガラシアの街は華やかな建国祭の準備で賑わっている。

王宮前広場には、新たなマーベリック一世の彫像が飾られ、建国祭当日、現国王ヨハン五世による除幕式まで人目に触れぬよう守られていた。

王宮を取り囲む街路樹には、毎日、職人が電飾を施している。豊かな電力あればこそ出来ることで、今や世界一の科学力を誇るミランならではのものだ。

建国祭当日、すべての電飾に光が入った瞬間、内外からの招待客や建国祭を見に訪れた国民の、度肝を抜くのは明らかだった。

国中から様々な物資が、馬車やトラックで運ばれてくる。そのため往来は激しく、夜になっても主要道路は混み合っていた。

イリア・ルシアンは、ホテルの最上階の部屋から、往来を見下ろしている。夜になっていたが、宮殿の周囲には灯り(あか)が幾つもあって、目線を変えれば王宮も目にすることが出来た。

「明日の前夜祭パーティには、ちゃんと連れて行ってくれなきゃ駄目ですよ、公爵」

外の風景を見ながら、何とも甘い声でイリアは囁く(ささや)。

その容姿は、甘い声に相応(ふさわ)しい。銀色の透けるような髪と紫の瞳(ひとみ)を持ち、まるで天界の女神のように整った美貌(びぼう)だった。

しかも体つきまで、見事なバランスを保っていた。手足は長く、一見ほっそりしているように見えるが、よく鍛えられた筋肉が隠されている。

薄いシルクのシャツ一枚を纏(まと)っただけの姿だったが、それでも十分に多くの画家の興味を惹(ひ)くだろう。大きく開かれた胸元から覗(のぞ)く乳首は、ピンク色で珊瑚(さんご)のようだ。肌は白磁のように滑らかで、体毛などないかのようにつるつるしている。

指はほっそりとしていて長い。だがその美しい手に握られているのは、天使のような外見には似つかわしくないもの、乗馬用の鞭だった。

「ねぇ、連れて行ってくれますよね？　私もう十七になりましたから」

甘い声でねだりながら、イリアはゆっくりと体を室内に向ける。

ベッドには裸の男が、俯せの状態で縛り付けられていた。

その口には丸めた絹の靴下の片方が押し込まれ、もう一本でその上から縛り付けている。

「うっ、ううう……」

男の口からは、くぐもった呻き声が漏れるだけだ。

「こんなお楽しみを与えてあげているのに……どうしてそう冷たくなさるんです、お父様」

イリアは天使のように微笑みながら、いきなりしなる乗馬鞭を、父と呼んだ男の背中に叩きつけていた。

「うっ、ううう、うっ、ううっ」

悲鳴を上げる男エドガー・オードマン公爵は、この時、自分の庶子がどれだけ恐ろしい男に育ったかを、もっと真剣に考えるべきだったのだ。

けれど文化が爛熟し、貴族のほとんどが背徳に酔い痴れているこの『ミラン』では、自分の息子に鞭打たれることすら、最高の美徳と思えるのかもしれない。オードマン公爵の目は、痛みに反比例してとろんと酔ったようになっていた。

「約束なさい。さもないと……もう二度とこんなお楽しみは味わえないでしょうね」

続けて二回、イリアは乗馬鞭を振るった。その腕にこめられた力には、容赦などという甘い言葉はない。

すでに古傷で覆われたオードマン公爵の背中は、新たな血を滲ませていた。

「あら……お楽しみの時間だったかしら」

ドアが開かれ、胸元の大きく開いたドレス姿の美女が入ってくる。

イリアの母であり、首都ガラシアでもっとも人気のある娼館の主、ベネット・ルシアンだった。髪はイリアと同じ銀色で、瞳も不思議な紫だ。その瞳に合わせた、大きな紫色のサファイヤのネックレスが、盛り上がった胸の上で揺れている。

「公爵……最近は私に打たれるより、イリアのほうがお気に入りですのね。そりゃイリアは、どんなに美しくても男ですから、力は私以上でしょうけれど」

にこやかに微笑むベネットの口元には、生まれつきの小さな黒子がある。それを除けば、肌は抜けるように白く、目尻にも皺一つない。とても十七歳の息子を持つような年齢には見えなかった。

十七年前、ベネットは十六歳でイリアを生んだ。十四歳で娼婦となったベネットは、その美しさですぐに人気者となった。そんなベネットを独り占めしたくて、オードマン公爵は多額の金を投じて身請けしたが、生まれたイリアをまだ正式に庶子として認めてはいなかったのだ。

ベネットとイリアが十分に暮らしていけるよう、乞われるまま娼館の主にもしてやった。貴族専用の娼館として繁盛している。ベネットが他の男といい関係になっても、見て見ぬふりもしてやった。なのにそれだけでは、この欲深な親子は満足しないらしい。

「公爵……こんなに美しくて賢いイリアを、このまま埋もれさせておくおつもりですの」

ベッドの端に腰掛けると、ベネットは公爵の傷口を、尖ったつけ爪の先でえぐるように引っ掻いた。

「公爵夫人は、お体がお弱りのようですわね。ご長男は最近、阿片窟に入り浸りだとか……よい噂は耳にしませんけれど……」

そこでベネットは立ち上がり、部屋の隅に立てかけられた細い鞭を手にした。

「身内に、もっとしっかりした人間が必要なのではありませんこと？　このままでは、名家の財産の何もかもを失ってしまうことになりますわ」

ひゅっと空中で鞭の先がしなったと思ったら、次には正確に公爵の尻に新しい蚯蚓腫れが浮き上がっていた。

それを見て、イリアは微笑む。

「お父様は、まだ私があなたの子供ではないと、疑っておいでなのでしょ？　そうでなければ、まだ十歳にもならない息子を、犯したりはなさらない。生憎、私の容姿は大人になっても母に似るばかり。どうあっても、あなたの子とは信じていただけないようですね」

続けてイリアも、オードマン公爵の尻に鞭を振り下ろした。

こんなにいたぶられながらも、オードマン公爵の性器は激しく興奮している。背徳の闇(やみ)に墜(お)ちた公爵は、もはや普通の性行為では満足出来ない。自分よりはるかに身分の下の者を、怯(おび)えさせながら犯すか、こうした魔性の者達に、激しく鞭打たれないと満足出来ない体になっていた。

「だからパーティに同伴してくれないんですよね。お母様(かあさま)、どうやったらお父様は、従順な僕(しもべ)になってくれるのですか？」

笑いながら訊(たず)ねるイリアに、ベネットはそっくりの笑顔で答えた。

「大丈夫よ、私の可愛(かわい)い天使。公爵はちゃんとパーティに連れていってくださいますとも。だけど大変、このままでは正装しても椅子(いす)に座れないかもしれないわね。イリア、では鞭打ちはこれくらいにして、もっと恥ずかしいことをさせましょうか？」

その言葉に、またもや公爵は目を閉じ、喜悦の表情を浮かべる。

イリアは十七歳にして、この世には二種類の人間しかいないと学んだ。

どんなに高貴な身分でも、獣のように愚(おろ)かな者と、獣のような境遇にあっても、高貴な魂を失わない者。

この二つだけだ。

それ以外にあるとしたら、特別な存在であり、神とも呼ばれるものだろう。

娼婦の子として生まれながら、イリアは自分は神にもなれると信じている。

黒貂(くろてん)の毛皮で襟(えり)を飾ったマントを纏い、街一番の仕立屋で作らせた服を着込み、顔が映るほどに磨(みが)

き込まれた靴を履いていても、中身は獣、いや獣以下の人間のなんと多いことか。

ボロ布のような衣装で、伸びきった髪と髭(ひげ)のまま路上で詩を語る男でも、高貴な魂を持っているというのに。

愚かな人間を支配することなんて簡単だと、傲慢(ごうまん)な若者であるイリアは考える。けれどそれ以上に楽しみなのは、高貴な魂を持った人間すらも、自分の足下に平伏させることだった。

建国祭の前日、王宮内では盛大な夜会が開かれた。国中から招待された貴族や名士が、着飾ったレディを同伴して次々と王宮を訪れる。正面の車止めは、馬車や自動車が延々と連なり、車係が右往左往して停車位置の指示を出していた。

いつまでも進まないことに苛立（いらだ）つオードマン公爵の横で、イリアは冷ややかな目で王宮を見つめる。

ベネットは潔（いさぎよ）い女だ。自分の立場を心得ているから、今夜の夜会に同伴しろと公爵に強要することはなかった。ここに来たら、自分の娼館の顧客である貴族達が、気まずい思いをすることを知っているからだ。

公爵夫人は重い病に罹（かか）っていて、とても夜会に出られるような状態ではない。次期公爵となる筈（はず）の長男アーネストは、酷（ひど）い阿片中毒だ。無理にでも連れてくれば、揉（も）め事の元になるのは分かりきっていた。

公爵にはもう一人長女がいたが、彼女は父親を酷く恨んでいて、公爵夫人の側（そば）を決して離れることはなかった。

半ば脅（おど）されたような形だが、こうなると公爵も、イリアを同伴せざるを得ない。どうせどう取り繕っても、公爵がベネットに子供を生ませたことは周知の事実だ。いっそこの機会に、庶子として皆に紹介するしかないだろう。

「父上……降りて歩きませんか？」

こんなのろのろとした進み具合では、歩いたほうがはるかに早い。そう分かっていても、公爵は王宮の正面で、恭しく出迎えられることを望んだ。同じように思う貴族が多いのだろう。誰も歩いて王宮に向かおうとする者はいない。

こんなところでじっとしている暇はない。時間の無駄だとイリアは思った。

「お先に失礼します」

そう言うと、イリアはさっさと車を下りて歩き出した。

馬車や自動車の窓から、そんなイリアの様子をじっと見つめている、幾つもの視線を感じる。見たければ好きなだけ見るといい。そしてしっかりとこの姿を、記憶しておくことだとイリアは不敵に笑いながら思う。

ついに王宮に入れる身分にまで辿り着いた。ここからがイリアにとって、本当の人生のスタートといえる。

母が経営する娼館の最上階にある、あまり広いとはいえない自室の窓から、いつも王宮を見て暮らしていた。自分がいるべき場所は、こんな所じゃない。あの王宮こそが相応しいと、思っていたのだ。

腐った貴族共の、裏の素顔を見て育った。鞭打たれることや、床に這い蹲って娼婦の足を舐めるのが好きなくせに、突然狂ったように威張り出し、幼い者にまで毒牙を延ばす。

金と爵位さえあれば、何でも好きなようにしていいと思っている愚か者。それがイリアの抱く貴族の姿だ。

唯一、貴族にも利点と呼べるようなものがあるとすれば、科学の発展のためには、金を惜しまないところだろう。そのおかげでこの国は、近隣諸国に比べてはるかに進んだ科学力を持ち得ている。

結局はそれも、自分達が投資した事業がより発展し、少しでも多く金を稼ぐためでしかないのだが、繁栄という結果が出ているのは事実だ。

襟にミンクの毛皮がついた黒のロングコート姿で、イリアは颯爽と歩く。手袋は上質な仔牛のもので、ブーツも最高の職人の手によるものだった。

貴族はすぐに相手の着ている物で、どれだけ暮らしぶりが豊かか判断する。ベネットは誰よりそういった実態を知っていて、イリアに恥ずかしいような格好をさせたことは一度としてなかった。

宮廷の入り口に差し掛かると、軍服姿の若い士官がたむろしているのが目に付く。貧乏貴族の子弟だろう。晴れやかな衣装を用意出来ないから、国から支給される軍服で来るしかないのだ。金持ちの家の娘に見初められたいからか、必要もないのに目立つ場所に立っていた。

そういう人生もいいだろう。軍人としての出世なんて、たかがしれている。それより資産家の婿になって、有り余る資産で遊び暮らすほうがずっといい。

人の数が増えてきた。そのほとんどが、ちらっとイリアに視線を向ける。

そのあまりにも美しい姿に、目を向けずにはいられないのだ。

ここにいる連中は、愚か者の集団だ。人間の価値を、その外見と資産がありそうかで判断する。もちろん賢さで判断されても、イリアは自分がそうそう引けは取らないと思っているが、貴族というものはあまりにも利口な人間を警戒する。己が愚かであることを、知っているからだろうか。

宮廷の入り口では名簿を抱えた係が、来賓の名前をチェックしていた。

「恐れ入りますが……お名前を……」

何度も宮廷に招かれているような貴族相手には、こんな質問はされない。それをした時点で、使えない人間だと言われて係の男は職を失うだろう。

だがこの係にしてみれば、イリアは初めて見る相手だった。

「イリア・オードマン。オードマン公爵家の者だ」

すでに公爵は、昨夜のうちに同伴者としてイリアの名を告げていたのか、係は深く頷く。次回もまたこんな会に出席することがあったら、係はただ微笑んでイリアを通す筈だ。

「父は、あのとおりの車の渋滞に巻き込まれている。私は……気が短くて」

にこやかにイリアが話すと、係は仕事上とは思えない笑顔を浮かべた。

「ご迷惑をお掛けいたしております」

「いいんだ。こんな盛大な夜会は滅多にないことだから」

ここで一つ、ポイントを掴んだ。宮廷でイリア・オードマンの名は、好印象で伝わる。こんな侍従相手にと思うかもしれないが、こういった連中が流す噂話が、そのまま貴族達の噂話のネタになる。

中に入ると、たまらない悪臭がこもっていた。女達が競ってつける香水の匂いだ。これでは娼館にいるのと変わりないじゃないかと、イリアは苦笑いした。

コートと手袋をクロークで預ける。黒いコートの下は、深い紫の三つ揃(ぞろ)いスーツだった。男達の正式な礼装が、黒一色のスーツになりつつあるこの時代、あえてイリアは特別仕立てのものを着る。真っ白なシャツは、隣国『秦安(しんあん)』で産出される最上級のシルクで作られたもので、洒落(しゃれ)たリボンタイには、瞳の色と同じ紫水晶が数個縫い込まれている、凝った作りのものだった。

やっとここに辿り着いたのだ。目立たなければ何の意味もない。衣装の効果だろうか、それとも生来の美貌のおかげだろうか。どうやら皆の注目は、苦労せずとも集まっている。

女達は扇に顔を半分隠しつつ、ちらちらと流し目をイリアに送る。けれどイリアは、決して女達を見ようとはしなかった。

女なんかに興味はない。

イリアの標的はただ一人。

男色家だと噂の皇太子だった。

資産家の娘と結婚したところで、手に入る財産なんてたかがしれている。ベネットは稼いでいるし、公爵からいくらでも金は引き出せるから、イリアは金に困っているわけではなかった。

贅沢(ぜいたく)して遊び暮らすだけが、イリアの目的ではない。その程度のもので満足する男ではなかった。もっとはるかな高みに向けて、イリアは進みたいのだ。

それにはぜひこの機会に、次期国王となる皇太子と親しくなりたかった。

しばらく広間を一人で歩きまわった。するとイリアの正体を知っている何人かの貴族が、慌てて顔を背けたり、そそくさとその場から移動するのが見られた。

「イリア、何をしている」

やっと追いついた公爵が、慌ててそんなイリアの腕を引いた。

「あまり目立つことをするな」

「はい、父上。ですが、ぜひ皇太子殿下には、ご紹介いただきたいのですが」

その言葉に公爵は、あからさまに嫌そうな顔をした。

「よからんことを考えるな。今から敵を作ってどうする。あそこにいる一団が見えないか。あれが、殿下のサロンに出入りしている連中だ」

それとなく示されたほうを見ると、若い色男ばかりが数人で固まって、明らかにイリアを意識した視線を向けていた。けれどこちらが見ていたと知ると、慌てて目を逸らす。そして顔を寄せ合って、何か話し合っていた。

「あの程度が敵ですか」

ふっとイリアは笑う。中には顔の黒さを隠すためか、女のように化粧している者までいる。皆、どこかなよなよとしていて、見るからに男色家といった印象だった。

ファンファーレが鳴り響き、いよいよ王族が登場した。国王ヨハン五世と王妃、その後ろからイヴァン皇太子とその弟妹が付き従う。

皇太子は今年二十六歳になるが、まだ結婚はしていない。男色家でも偽装で結婚している貴族など大勢いるが、それすらも面倒なのだろう。

王族が着席した。すると続いてまたファンファーレが鳴り響き、広間の中央に敷き詰められた赤絨毯の上を、異形の者達が進んでくる。

隣国『秦安』から訪れた一行で、もっとも華やかな赤い衣装に身を包んでいるのが、皇太子の秦黎秀だった。

これこそが本物の敵だと、イリアは形のいい眉を顰める。

建国から二千年という歴史を『ミラン』は誇っているが、隣接する『秦安』も、ゆうに四千年からの歴史を持つ大国だ。

両国はその歴史の中で、ことあるごとに敵対してきた。

『ミラン』の伝説の大王マーベリック一世は、近隣諸国をすべて侵略し、現在の『ミラン』領土を手中に収めたが、『秦安』を攻略するまでにはいかずに亡くなった。

次王のマーベリック二世は、父の遺志を継いで果敢に『秦安』を攻めたが、圧倒的な兵力の前に破れてしまう。

以後数年の間、ミランは自国を再度強化することを迫られ、『秦安』攻略を諦めたかに思えた。だが国境付近では、現在まで小競り合いが続いている。そのせいで大戦の危機は何度も噂されたが、決定的な対立になることもなく、五百年のかりそめの平和が続いていた。

イリアは侮蔑の眼差しを、隣国の皇太子、黎秀に向ける。

真っ黒で艶やかな髪、肌は浅黒く、瞳の色も真っ黒だ。着ているものはすべて高価なシルクで、金糸や銀糸で華やかな柄が織り込まれている。科学の時代を迎えたというのに、ずるずると長い伝統の衣装を今も纏い、それを恥じ入る様子もないのがイリアは気に入らない。

生活様式を変えていないからといって、『秦安』の科学力が大きく劣っているわけではない。特に医療技術に関しては、世界一とも思えるほどだった。さらに『ミラン』同様、軍には戦闘機や戦車も配備されている。

広大な国土から産出されるものは多岐にわたり、多くのものが輸入されていた。特にシルクや宝飾品、茶や香辛料などの輸入額は高い。

あの国が欲しいと、もう誰も思わないのか。

イリアはいつも歯痒く思う。

堕落した貴族達は、己の資産をいかに使うかだけで生きている。けれどその資産をすべて集めれば、楽に『秦安』など堕とせるだろう。

皇太子イヴァンは明らかに落ち着きを無くしている。赤い絨毯の上を進んでくる、まだ二十歳の黎秀の威風堂々とした姿にぼうっとなっているのだ。

そんな目で見てはいけない。やつを敵と認識しろと、イリアは苛立つ。

なぜそんなに苛立つのか、聡明なイリアは気付いている。この国の王族と違って、彼には崇高な魂

が感じられたからだ。それが気に入らない。

イリアは脳内で、異国の皇太子を勝手に裸にしていた。そしてその逞しい体に、思い切り鞭を振り下ろす。

鞭打たれたらどうする。それでもまだ、そんなに偉そうにしていられるのかと、イリアは意地悪く妄想し続けた。

黎秀のおかげで、最初の計画は大きく崩れたかに思えた。今のイヴァンは、他の誰を見ても心を動かされないだろう。

ところが幸いなことに、黎秀は全くイヴァンに関心を示さなかった。どんなに熱い眼差しを向けられても、にこりとも笑わない。内心では『ミラン』の王族のことなど、バカにしているのではないかと感じさせるほど、その態度は冷淡だった。

よくよく考えれば、敵国に招かれた身の黎秀だ。いつ刺客が襲ってくるかと、身構えていたのかもしれない。和平条約が締結されているとはいえ、両国の緊張感は変わることはなかったからだ。

警護の数も少ない。出される酒杯に毒が盛られていないと、誰も保証はしてくれなかった。そんな時に、意味ありげな視線を送られたところで、気が付きもしないだろう。

イヴァンはがっかりしたようだ。その隙にイリアは、公爵を促してイヴァンに紹介させた。

「イリア・オードマンと申します。私の息子ですが、初めてこのような公の場に同伴いたしました。よろしければ、殿下、お心に留めていただければ幸いです」

公爵がイリアを示すと、イヴァンの顔が一瞬で輝いた。

愚かな皇太子は、恋にしか興味がない。生まれた時から、何不自由なく暮らしてきたのだ。国政は大臣達に任せておけばいいのだし、王族としての公務を行う以外には、好きなことを好きなだけしていい権利が与えられていた。

「オードマン公爵、そのように美しいご子息を持ちながら、今まで隠していたのはどういう訳だ？余に攫われるのを案じたのか？」

黎秀とは楽しめないと知った途端、イヴァンはすぐに新しい楽しみに関心を向ける。

イリアは恥じらうように頰を染め、震えながら差し出されたイヴァンの手に口づけした。

「余のカルデナン離宮は知っているか？」

そんなイリアの様子を、舐めるような視線で見つめながら、イヴァンは声を低めて訊ねる。

「はい……存じ上げております……」

「では……いずれ招待しよう」

「私のような者にまで、お優しいお声を掛けていただき、感激いたしております」

「再び会えることを、楽しみにしているぞ」

そう言うと、イヴァンはまだ未練ありげにイリアを見ていたが、すぐに別の人間からの挨拶を受けねばならず離れていった。

これでいい。当初の目的は果たしたと、イリアは満足げに公爵を振り返る。

「何を考えている、イリア」

公爵は不機嫌であることを隠そうともせずに訊いてきた。

「殿下のサロンに加わりたいだけですよ」

「そんなことをしても無駄だ。下手をすれば命を狙われるぞ」

そこでイリアは笑い出した。どうしてこの男は、こんなにも愚かなのだろうと思って。いっそここで、公爵夫人のメイドとして雇われた女が、ベネットの差し向けた刺客で、毎日公爵夫人の飲むお茶に微量の毒を入れていることを教えてやるべきだろうか。

さらに公爵の長男アーネストは、ベネットと寝ていて、彼を阿片窟に追い込んだのはベネットだと教えてやるべきなのか。

そんな恐ろしい女に鞭打たれ、赤ん坊のように泣いてみせる公爵が、イリアの命の心配などしていることがたまらなくマヌケに見えてくる。

「ご心配にはおよびません。いざとなったら、私のほうから……彼らを消していきますから」

冷笑を浮かべて言うイリアに、公爵はぞっとしたのだろう。慌てて給仕の手からシャンパンのグラスを受け取り、一気に煽って自分を落ち着かせようとしていた。

華やかな式典がすべて終わった後、イリアはついにイヴァンの暮らすカルデナン離宮に招待された。そこにはイヴァンお気に入りの若い貴族、軍人、芸術家などが常にたむろしている。イヴァンに気に入られれば、夜は寝室にご招待されることになっていて、さらに上手くすれば愛人として特別に厚遇される可能性もあった。

イリアが到着すると、正面入り口の側にいた数人の中から、早速、聞こえるような声で陰口が叩かれる。

「あいつは娼婦の息子だ。ここは男娼が来るような場所じゃないのに」

するとイリアは足を止め、独り言のように呟く。

「おや、ここには赤ちゃんごっこの大好きな、変態子爵の甥っ子がいるみたいだな。お襁褓の中に粗相するのは、最高に気持ちいいらしいけど……」

その言葉に逆上した一人の若者が、上着から素早く銃を取り出そうとした。それを側にいた数人の取り巻きが、慌てて止めている。イリアは振り返りもせず、平然と離宮の中に入っていった。

イヴァンはまるで旧知の友を迎えるように、大きく腕を拡げてからイリアの体をその中にしっかりと包み込んだ。

「イリア・オードマン、よく来てくれた。これからささやかな歓迎の宴をしよう。君がどう断ろうと、公爵家に当分帰すつもりはないから、覚悟しておけ」

そもそも公爵家には住んでいない。だがここで真実を告げるほど、イリアは愚かではなかった。ぼうっと顔を上気させ、潤んだ瞳でイヴァンを見つめると、語尾を震わせて答えた。

「ここに滞在を許されるなんて、まるで夢のようです」

イヴァンはイリアの肩を抱き、その手を握ったままじっと見つめている。もう大勢いる取り巻きは目に入っていない。イリアしか見ていなかった。

皇太子は、恋に落ちた最初はいつでもこうなのだ。けれどすぐに飽きてしまい、気が付いたら愛人の座を追われ、その他大勢の取り巻きの一人に格下げとなる。すでにそういった情報を入手していたイリアだが、そう簡単に追い払われるつもりはなかった。

離宮内は小さな帝国で、イヴァンはここでは王だった。確かにこの小さな離宮の王には相応しいだろう。けれど大国の王の器ではないと思える。

最初は従順なふりをしていた。けれどイリアは、もう演技などする必要はないと感じ始めた。

虚勢を張ってはいるが、やはりイヴァンも心の弱い男だ。快楽に溺(おぼ)れて、面倒なことのすべてから逃(のが)れようとしている。

いいだろう、逃げていればいい。いずれイヴァンが王になったら、そうして逃げている間に代わって王が成すべきことをしてあげよう。

それがイリアの抱く野心だった。

贅を尽くした夕食が終わり、芸術家達の演奏が一通り終わると、一室で今度はカードが始まる。酒と葉巻が好きなだけ振る舞われ、若者達は我を忘れて賭けに興じた。

いつもはイヴァンもカードを手にするのだろう。けれど今夜は、イリアをどうにかすることが先決で、卓に付くこともなくすっと部屋を出て行った。

二人の姿が消えると、若者達の間で陰口が飛び交うのは分かりきっている。みんな内心は不安なのだ。イリアは誰よりも美しい。しかも娼婦の息子だ。閨房でのテクニックが普通ではないことくらい想像がつくだろう。

この離宮から、次に追い払われるのは自分かもしれない。そう思う不安が、若者達の喧噪をより大きなものに変えていた。

「いつもはこんなにうるさくないのだが、今夜はイリアのせいで、皆、興奮しているようだ」

イリアの肩を抱き、それとなく寝室に導こうとしながらイヴァンは言う。

「殿下……すでに私の出自について、お耳に入っていると思われますが……」

「ああ、聞いている。けれど出自がどうのなんて、興味はない。むしろ母親のせいで、よからぬ偏見を抱かれるイリアが気の毒に思えるぐらいだ」

「そんなお優しいお言葉を戴けるなんて……」

「自ら、余の相手を志願したのであろう？　見返りに何を求める？」

訊かれたイリアは、ただ小さく首を横に振った。

「何も……殿下のご寵愛だけが望みです」

新たな爵位や領土を貰ったところで、たかがしれている。そんなものは欲しくない。イリアの望みは、この国そのものなのだから、そうそう簡単に口には出来ないのだ。

「皆、同じようなことを口にする。それほどの美貌、いくらでも望む相手が得られるだろうに、なぜ余に近づこうとするのだ」

寝室に辿り着き、イヴァンは侍従に服を脱がせようとしながら言った。

「殿下、これからは、私がそのようなことすべてをいたします。よろしければ人払いを」

王族や貴族は、侍従達を人間だとは思っていない。動く家具程度の認識しかないのだ。それは生まれつき、何もかも使用人にやってもらうことに慣れてしまったゆえの過ちだった。

この使用人というやつらが、いかに面倒な存在かということを、イリアは知っている。

「そんな心配はしなくていい。余は、イリアを侍従にするために呼んだのではない。正規の客人だ。自分のことを卑下する必要などないのだ」

「いいえ……そうではないのです」

イリアは侍従にそれとなく下がれと態度で示して、自らイヴァンの上着に手を添えた。

「殿下……こうして二人でいる時間だけでも、私は殿下を独り占めしたいのです。たとえ侍従といえども、殿下に触れるのは許せません」

「……分からぬな。なぜ、そこまで余に執着する」

「十歳の時、初めて殿下のお姿をパレードで拝見いたしました。それ以来……ずっと心に秘めた恋心です。愚かと笑ってください」

イリアはシャツだけになったイヴァンの背中に縋り付き、身を震わせて泣いてみせた。

こんな他愛もない嘘に、イヴァンが引っかからなくても別に構わない。ただこういった演出は、イヴァンも気に入る筈だから、楽しんでくれればそれでいい。

どうせこの皇太子は、真実の愛なんてものは求めていない。一夜の夢と我をも忘れる激しい性行為、欲しいのはそれだけだろう。

「そうか……そんな昔から、余に関心を持っていたのか」

ところが思ってもいなかったことが起こった。くるっと体の向きを変えて振り返ったイヴァンの目は、明らかに感激で潤んでいる。

まさかこんな子供だましのような嘘を、夜毎、男を寝室に引きずり込んでいるイヴァンが信じる筈はない。そう思っていたのに、イヴァンは簡単に騙された。

騙されたふりをするぐらいなら、まだよかったのだ。本気になってしまったところに、イリアは驚くと同時に呆れた。どうやらイヴァンは、疑うということを十分に学ばずに大人になってしまったらしい。

「殿下、私は、殿下の忠実なる愛の僕です。何なりとお望みのままに……」

目を細め、イリアは顔を心持ち上げる。そしてキスを待った。

「本当に報償は何も望まぬと言うのだな？」

「はい……一時でも長く、殿下のお側にいられることだけが、唯一の望みです」

完全にイヴァンの心を手に入れるまで、何年かかろうと覚悟は出来ている。急げばそれだけ失敗の確率も高くなるというものだ。

イヴァンはやっと唇を重ねてきた。もっと慣れているのかと思ったら、意外にもイヴァンのキスは、初な少年のように優しく穏やかなものだった。

キスの間に、イヴァンのシャツのボタンを外す。そしてズボンも、脱ぎ易いようにボタンを外した。唇が離れると、イリアはすぐにその場に蹲って、イヴァンの靴と靴下を脱がせる。そうされている間、イヴァンはまるで幼児のようにされるがままだった。

脱がしている間、イリアは何も話さない。イヴァンの目が、イリアの体を好きなだけ見るのを許した。まだ見ぬイリアの裸体を想像して、イヴァンの期待はどんどん膨らんでいく。それと同時に性器も興奮し、ズボンが脱がされると同時に勢いよく飛び出してきた。

全裸になって立ち尽くすイヴァンの前に蹲ったまま、イリアはおもむろにイヴァンの性器を口に含み始める。

そうしていると、ベネットの言葉が脳裏に蘇ってきた。

『お利口になりなさい、イリア。後ろの口から入れられて気持ちよくなるのなんて、まだまだ先のことよ。少しでも体を楽にさせておきたかったら、こっちの口を上手に使いなさい』

まだ十歳にしかならない子供に、ベネットはディルドを玩具代わりに与え、イリアの口腔を鍛えさせたのだ。そして実践と称しては、オードマン公爵のものを、ベネットの見ている前でしゃぶらせた。

あれはきっとベネットなりの復讐だったのだ。

我が子かもしれないのに、平気でイリアに手を出した公爵に対してと、父親かもしれないのに体を許したイリアに対しての、手の込んだ復讐だったに違いない。

おかげでイリアの口は、神業のように巧みに性器を嬲れるようになったのだが。

「う、ううむ、これは……」

イヴァンは落ち着きなく、腰を震わせている。そんなにあっさりといってしまってたまるかと、意地になって耐えているのだ。

どんなものよりも、この口で与える快感のほうが優れている。なぜなら強く吸い込んだり、舌先で敏感な部分を刺激したりと、イリアの思うままに繰れるからだ。

「たまらぬ……んんっ……たまらぬぞ、イリア」

小刻みにイヴァンの腰が動き始めた。開始してそれほどの時間も過ぎていない。イリアはチョッキのボタン一つ外していないというのに、もうイヴァンは第一回目の射精へと急いでいる。

ほどなくしてイヴァンは、自分のものを唐突にイリアの口から抜き取り、その美しい顔に飛沫を派手にぶちまけた。

「うむ……いい心がけだ。楽しみとは何か、よく知っている」

汚されたイリアの顔を、イヴァンはとろんとした目で見つめながら言った。

「次は……その体が見たい。まさか美しいのは顔だけ、などということはないだろう？」

「お気に召すと嬉しいのですが……」

シルクのハンカチで顔を拭うと、イリアは恥ずかしそうにしながら服を脱ぎ出した。

ここでもまたベネットの言葉が脳裏を過る。

『いいこと。不摂生をしていたら、美しい体なんて維持出来ないのよ。つまらない阿片なんかにお金を注ぎ込むくらいなら、自分の体に投資しなさい。シルクで肌を磨き、歯は綺麗に磨き上げ、爪も常に綺麗にしておくことよ。間違っても、顔に吹き出物など出さないように、毎日の食事にも気をつけて、歯を汚す葉巻や、吐くほどお酒を飲むことは禁じます』

イリアは娘ではないのに、どうしてベネットはああ口うるさかったのか。

それはイリアが、男色家にとって価値のある存在だと見極めていたからだ。

生まれたのが娘だったら、娼館を継がせようとしたに違いない。男だったゆえに、どう育てたらいいのか迷っただろうが、結局ベネットがしたことは、自分の肉体の価値を認めて、上手く利用するよう教育することだった。

体には傷一つない。だからといって、武芸の鍛錬をしなかったということはなかった。危険な目に遭っても、我が身をしっかり守れるように訓練している。そのせいか体はほっそりとしていたが、弛んだところはどこもなく、引き締まった美しい肉体をしていた。

髪は銀色だが、性器の側の毛は金色にも見える薄い茶色だ。すでに性器は大人の形状になっていたが、ほのかなピンク色だった。

　珊瑚のような色の小さな乳首が、荒淫(こういん)に汚されていない印だ。そこが感じるからと、やたら乳首を弄(いじ)らせる男もいるが、そんなことを続けたら最後、この宝玉のような美しさは損なわれてしまう。後ろの部分もそうだった。出来るだけその部分を使わせずに、イリアは自分に言い寄る男達を上手くあしらって守ってきたのだ。

　いつでも初々しい印象を相手に与えて、惑わせるために。

「顔だけではないのだな。姿も何もかも美しい」

　イヴァンは嬉しそうにイリアを抱き寄せると、そのまま豪華なベッドへと導いていく。

「完璧(かんぺき)な愛人というものを、ずっと探していたのだ。ついに出会えたのだろうか」

　広いベッドの上で抱き合いながら、イヴァンは満足そうにイリアを見つめ、おもむろにキスをする。

　今度のキスは前より長い。落ち着いた大人の男のキスらしくなっている。

　イヴァンはいかにも房事になれた男のように、イリアの体を愛撫(あいぶ)し始めた。そしてこの夜のために用意された、旧式のランプの灯りで照れされたイリアの体のそこここに唇を押し当て、その度に感嘆を漏らす。

　明日の朝までに、イヴァンをどれだけ夢中にさせることが出来るだろう。その結果、この離宮から何人を追い出せるかが勝負だ。

若く美しい肉体だけを武器に、皇太子に取り入ろうとする男達なんて、男娼と何ら変わりない。爵位があろうが、士官だろうが、彼らのしていることは獣並みの愚かなことだ。

差し出される美肉を、好きなだけ貪るイヴァンも、結局は獣程度の男でしかなかった。

だが、将来はこの国の最高権力者となることには変わらない。

この美しいイリアの肉体を貪らせるのに、もっとも相応しい相手が、今はイヴァンしかいないのだ。

イリアが離宮を訪れて三日もすると、滞在客はかなり減った。イヴァンはもうイリアに夢中で、カードの卓を囲むこともない。大金を賭けるいいカモだったイヴァンがいないと、カードの場も自然盛り上がらなくなり、負け続けた者はさっさと帰り始めた。

イヴァンもあえて引き留めない。芸術家を気取っていた連中も、イリアが気に入らないと一言口にしただけで、皆追い出されてしまった。

残っているのは、以前からイヴァンの寵愛をかなり多く受けていた者ばかりだ。

どうせすぐにイリアに飽きる。飽きたら自分達の出番だとばかりに、離宮から去らずにひたすら待っている。けれどイヴァンは、ますますイリアにのめり込んでいた。

「ほらっ、じっとして。暴れたら駄目ですよ」

「あっ、むっ、ああっ、ああっ」

ベッドの支柱に両手を縛り付けられたイヴァンは、身を捩(よじ)って喘(あえ)ぎ声を出している。

今ではすっかり形勢は逆転していた。行為をリードするのは、イリアになっていたのだ。

イヴァンのものを口にしながら、イリアは後ろの穴に指を差し込み、巧みに内部を掻き回す。けれどイリアは、決してイヴァンの中に自分のものを挿入したりはしない。

最後はイヴァンの屹立(きつりつ)したものに、イリアが屈服するという形をとることで、愚かな皇太子の男としてのプライドを守っていたのだ。

「こんなになって……たまらないんでしょ」

イリアは上から跨って、イヴァンのものをゆっくりと自ら体内に導く。媚薬を含んだ潤滑剤をたっぷりと塗られたものは、すんなりとイリアの体内に収まった。

「ああ、イリア、もうたまらぬ」

「駄目……もっと楽しませて」

巧みに腰を上下させて、イヴァンに最上の快楽を与えた。飲み物に混ぜて媚薬を与えているので、イヴァンの欲望が収まるということはなかなかない。何度射精しても、すぐにまたイリアを求めて、狂おしげに手を伸ばしてくる。

「ああ、殿下。もう蕩けそうです……」

そう言いながら、イリアは爪の先でイヴァンの乳首を引っ掻く。さらに続けてイヴァンの胸全体を、爪痕が残るくらい強く引っ掻いた。

痛みすら快感に繋がるようになるまで、もう少し。いずれはこの体も、鞭を求めるようになるだろう。そうなれば、心まで楽に支配出来るようになる。

簡単に堕ちる人間かどうかは、すぐに分かった。イヴァンは狙ったとおりの獲物だ。僅か三日で、こうして手を縛られるのを好み、痛みを与えられて激しく興奮している。

「いけないお方ですね、殿下は……こんなに素晴らしいもので、次々と男達を狂わせて」

イヴァンの上で激しく動きながら、イリアは恨めしげに言った。

「何を言う……悪いのはイリアだろう。もう、イリア以外の誰とも、こんな楽しみを持てなくなってしまったんだぞ……」

「ああっ、そんな嬉しいことをおっしゃって……」

早く鞭でイヴァンを躾けたい。こんな局部的な快感だけでなく、魂が震えるような瞬間を味わいたいと思いながら、イリアはその部分の入り口の締め付けを強めて、イヴァンをさらに喜ばせた。

ほとんど寝室から出ることもなく、体を繋げていた。そろそろ焦らす必要もあるだろう。これが済んだら、後は疲れたと言って拒み通せばいい。

イヴァンの体にも、少しは休息が必要だ。いくらまだ若いとはいえ、あまり搾り取り過ぎてもいいことはない。

「うっ、ううっ……も、もう……」

終わりを急がせるために、イリアは手を使って自ら先に果ててしまう。するとほどなくして、イヴァンも勢いよく射精を終えた。

ぐったりとした様子で、イリアはイヴァンに抱き付く。そして甘い声で囁いた。

「殿下、私は、幸せです。こんなにも殿下に愛されて……」

力ない様子で、イヴァンの戒めを解いた。赤くなった手首をこすりながら、イヴァンは深いため息を吐く。

「明日は公務で王宮に戻らなければならぬ。一時も、イリアと離れていたくないというのに」

「公務のお邪魔はいたしません。大人しく、離宮で一人で待っております」

「……ならば、皆を帰らせよう。留守中、何があるか分からぬ」

自分で築いた小さな帝国が、新しい愛人にとって決して安全な場所ではないと、イヴァンは知っていた。イヴァンがいなくなったと同時に、イリアが襲われる可能性がある。

そんなこともあるだろうと、イリアもすでに覚悟は決めていた。問題なのは敵が何人で、どんな形で襲ってくるかだ。

離宮でいきなり銃撃してくるのだろうか。それとも刺殺か毒殺か、ロープが首に巻かれるのかもしれない。

「以前にもそんなことがあったのですね？」

「……」

イヴァンは答えない。だからそれはあったことなのだ。

「殿下、お叱りを覚悟で申し上げます。どうしてそのようなことに、毅然と立ち向かわれないのですか？　それとも……手に掛けた者のほうに、殿下のご寵愛があったということですか」

「いや……それは」

この男は、元来臆病者なのだ。

取り巻き連中が、共謀してカードでいかさまをやって、いいように金を巻き上げても、文句一つ口に出来ない。分かっていてもさらに賭け金を吊り上げ、自ら道化となって皆を喜ばせずにはいられないのだ。

　皇太子という地位にありながら、本当は自分に自信がない。嘘でもいいから恭順を示されれば、それでどうにか自分を納得させることが出来るのだろう。

　こんな帝国は無意味だ。ただちに破壊しなければいけない。そう思ったイリアは、少し強い口調で切り出した。

「本当に殿下のことを思う者ならば、そのようなことをするでしょうか？　たとえ他の誰かにご寵愛が移っても、殿下の幸せを願うなら、潔く身を引くのが本物の愛です」

「それは……そうだが」

「もし誰かが私を撃ったら、その後殿下はその犯人をここに呼ぶのですか？　そして私にして下さったようなことを、その男にまたなさるのですか？」

「い、いや、そんなことはありえない」

　イヴァンはすっかり狼狽えて、おどおどしている。

　これで完全に立場は逆転したなと、イリアは内心ほくそ笑んだ。

「ええ、あってはならないことです。そのようなことを殿下がなさるというなら、私はもう帰ります。二度と、殿下の前には現れません」

「ま、待て、イリア。そんなことさせぬ。そうだ、明日は一緒に宮廷に行こう。そうすれば何の心配もない」

「いいえ、爵位も官位もない私のような者が、宮廷に行くことは出来ません。ここで静かに殿下のお帰りをお待ちしております」

「信頼できる者を、警護のために置いていこう」

せっかくのイヴァンの申し出を、イリアは軽く笑ってみせた。

「信頼できる者が、裏切り者だったらどうなさるおつもりです。ご安心を、私は……見かけよりもずっと強い男ですから」

むしろ攻撃されるのを、イリアは待っているのだ。

先に攻撃されれば、反撃するのにも十分な理由になる。イヴァンの回りにへばりついているやつらを、さっさと始末してしまいたいのがイリアの本音だった。

これで道は開けた。イリアはイヴァンの心を摑んだことで、ほっとすると同時に、これからどう進めていこうかと頭を悩ませる。

欲しいのは権力だ。イリアに寄せるイヴァンの関心が薄くなっても、たいして問題がないだけの権力をまず手に入れたい。そして自分の周囲をしっかり固めて、いずれは王族を宮廷から追い出し、この国を共和制に導こうと企(たくら)んでいた。

オードマン公爵は、息子のこんな野望を知らない。ただ皇太子のサロンに入り込み、華やかな生活がしたいのだろうぐらいにしか思っていないだろう。

もっともイリアだって、自分の野心があまりにも馬鹿げていて、実現不可能な夢だと思わないこともない。

「そのとおり……愚かな夢さ」

イヴァンが宮廷へと出掛けた後、離宮の中はすっかり静まり返ってしまった。大勢いた取り巻き達はすべて帰され、今は数人の侍従と料理人、小間使いと門番がいるのみだ。

まるでここが自分の城のように、イリアは気ままに振る舞った。

シャツを一枚着ただけの姿で、静まり返った離宮の中を散歩する。幸いなことに、ミンデという名のイヴァンが飼っているボルゾイ犬が、イリアにもよく懐いていて、いつも一緒にいてくれた。

「ミンデ、どう思う？　愚かな夢だろうか」

犬は匂いに敏感だ。いつもその体から、ご主人様の匂いをさせているイリアを、すぐに仲間と認めたのだろう。賢そうな瞳で、話し掛けるイリアをじっと見上げている。

「腐った貴族達は、賭け事や色事で、無駄に金を捨てている。あれを集めたら、年間どれだけの金になると思う？　それで戦争をして、領土を拡大するんだ。簡単なことだろ？」

人間相手には決して話さない本心を、イリアはミンデには話した。

「ミンデ、おまえだけが本当の友だ……」

イヴァンがこの犬をいつも側に置いているのは、愛玩するためだけではない。身辺警護の役割も兼ねているし、さらにミンデが毒味役もやっている。出された料理をミンデが口にしてからでないと、イヴァンは決して口にしない。イヴァンがいなくなってからも、イリアは同じように自分の食事をミンデと分け合っていた。

冷酷なイリアでも、裏切ることを知らない犬という生き物は好きだった。自宅はベネットの飼う小型犬ばかりだが、こんな大きな犬が欲しいと思い始めている。

「もうあの家には二度と戻らないつもりだ。ミンデのように、忠実で賢く、強い犬を飼える大きな家でこれからは暮らそう」

イヴァンは庭に出て、花が咲き誇る小道を散策する。

久しぶりに外に出た。季節は遅い春で、直に夏が来ることを思わせる太陽は眩しいくらいに輝き、イリアの抜けるように白い肌を焼いた。

イリアは目を細めて、空を見上げる。

空には飛行機雲が流れていて、微(かす)かに飛行機のたてるプロペラ音が聞こえていた。

航空隊の飛行訓練だろうか。隊列を作って、数機が飛び去っていく。

イヴァンがカードで使う金で、あの飛行機が何機作れるのだろう。あの飛行機が何機あれば、『秦安』のあの傲慢な皇太子を、震え上がらせることが出来るのか。そして『秦安』が手中に収まったら、どれだけの利益が手に入るのか。

ぼうっとしていたわけではないが、イリアも疲れていたのだろう。気が付いたらミンデが激しく吠(ほ)えていた。

近くの草むらから飛び出した男が、イリアに向けて銃を構えている。勇敢なミンデは、自分の真の主ではないのに、イリアを守ろうとして男に飛びかかっていく。

普段は大人しい犬なのに、やはり人間の発する殺気に反応したのだろう。

顔を布で隠した男は、慌ててまずミンデを撃った。キャンッと悲痛な叫び声を上げて、ミンデは倒れる。その隙にイリアは、隠し持っていた小型の銃を取り出し、男の胸を迷わずに撃ち抜いた。

「ミンデ……」

撃った男よりも、ミンデの側にまずイリアは駆け寄った。

人間間の愛憎のごたごたなど何も知らないだろうに、忠実な犬は主の愛するものを守ったのだ。もしミンデが撃たれなかったら、イリアが先に撃たれていただろう。

「可哀想（かわいそう）に……」

人が死んでも、可哀想だと思ったことはない。なのにこの瞬間、イリアは心底ミンデを哀れんでいた。ぐったりとして横たわるミンデを、白いシャツが血に染まるのも構わずに抱きしめた。もう意識も無くなったのか、ミンデはだらんと舌を出し目を閉じている。

「私のために……ごめんよ、ミンデ」

ミンデに頬ずりすると、イリアはそっとその亡骸（なきがら）を地面に横たえた。そして立ち上がると、自分が撃った男の側に近づいていった。

「まだ息があるか？　だろうな。私が持っている銃は、ご婦人が持つような小さなものだからね。即死とはいかないだろう」

地面に倒れた男の胸は、真っ赤な血で汚れている。けれどまだ息はあって、口元を覆った布が微かに上下に動いていた。

イリアはその布を一気に剝（は）ぎ取る。そして苦しげにしている男の顔を見て笑った。

「おや、おもらし子爵の甥っ子か。カードで負けていたからな。金のために損な役回りを引き受けたか？」

「……慈悲を……」

震える声で男は懇願した。苦しみから早く解放されるために、止（とど）めを刺して欲しかったのだろう。

「嫌だね。おまえのような屑に与える、慈悲の心なんてものはない」

冷笑を浮かべて、イリアはじっと男を見下ろす。すると男は最後の力を振り絞って、再びイリアを撃とうとした。

その腕を、イリアは思い切り踏みつける。何度も、何度も分厚い革製の靴底で踏みつけた。

男の腕は折れただろうか。それでもイリアの中に、慈悲の心なんてものは生まれて来ない。

「犬より価値のない屑めっ」

初めてイヴァンを少し気の毒だと思った。

この程度の男達に囲まれて、何が幸せなのだろう。

その時、静寂が再び破られた。こちらに向かって、慌てて駆け寄るイヴァンの姿が見える。それと同時に、イリアはそれまでの冷徹な表情を引っ込め、怯えたような表情を慌てて取り繕った。

「殿下、ミンデが……私を守ろうとして、ミンデが」

イリアは泣きながらイヴァンに駆け寄り抱き付く。

「悪い予感がしたのだ。こんなことになるのではないかと思って、戻ってきてよかった。イリア、怪我はないか」

「私の代わりに、ミンデが……ああ、殿下の大切な犬なのに、私などの身代わりになって」

「そんなに泣かなくていい……。ミンデのことなら、心配するな……。それより……」

イヴァンは倒れた男を見つめる。すでに大量の出血で、助かる見込みはなさそうだった。

「ミンデと散策していたら、いきなり撃ってきたんです……。母に貰った、護身用の銃が、まさか役に立つとは思いませんでした」

恐怖ですくんでいた筈なのに、正確に胸を撃ち抜いている。そこにイヴァンが気が付けば、イリアの野望をあるいは阻止できたのかもしれない。

けれどイヴァンは、愛しいイリアの身を案じ、その哀しみを少しでも軽くしてやろうと思うばかりで、肝心なことをすべて見逃していた。

この天使のように美しい男の中に、残虐な悪魔が棲み着いていることが、イヴァンには想像も出来なかったのだ。

さらに愚かなことに、イヴァンはこの時、イリアにとんでもない秘密を打ち明けてしまった。

「アルフォンソ……この男の遺体をただちに研究所に……。それとミンデもだ。運んでくれ」

イヴァンは随臣を呼び寄せると、早口で告げた。

「イリア、悲しむことはない。直にミンデは戻ってくる」

笑顔で言われたが、イリアはその言葉をすぐに信じることは出来なかった。

「まさか……そんな筈はありません。ミンデは死んでいます」

「そうだ、死んでいる。けれど生き返らせる魔法があるのだ。科学という魔法が」

大きな布袋が用意され、そこに男の遺体が包まれた。ミンデのほうがむしろ丁寧に、綺麗なシーツで包まれて運ばれていく。

どこへ運んでいくのだろう。イリアはもうその秘密を知りたくて、たまらなくなっていた。

「殿下……教えてください。それなら私が儚くなっても、また殿下のお側に戻れるということなのですか？」

イリアはイヴァンに抱き付き、思い切り甘えた声で訊ねる。

「いや……そこまでは完璧じゃない。まだ研究の途中だ。はっきりとした成果が出るまで、後、何年かは待たねばならないだろう」

「知りたい……知りたいのです、殿下……。もっと詳しく、私に分かるように教えてください」

恋というものは、人間をもっとも愚かにする麻薬だ。

イヴァンはこの麻薬に冒され、正常な判断力を欠いていた。そうでなければこんな大事な国家機密を、知り合って間もない愛人風情に、教えたりはしなかっただろう。

「ミンデが生き返る様子を見たいか？」

イリアに尊敬の眼差しで見つめて貰えるなら、イヴァンはどんなことでもしてしまう。

それが後々、どんな災いの種になるか、考えもしないで。

「見たいです、殿下。ああ、ミンデが生き返るならどんなことでもいたします。私の血や肉がいるのなら、差し出しますから」

「そこまでするようなことではない。怖かっただろう。なのに気丈によく耐えた」

「殿下こそ、公務がおありなのに、私のために……」

「いいんだ……イリアが無事だった。それだけで……十分だ」

イリアを抱き締め、イヴァンは満足そうに何度も頷く。

その胸に顔を埋めているイリアの表情は、再び冷徹なものに戻っていた。

神が与える運命の中に、死はもっとも重要なものとして位置づけられている。死というものを、軽んじてはいけない。生命の誕生と同じくらい、尊厳を持って死に向かうべきだと、神官達は教え諭してきた。

けれど今、死の尊厳は奪われた。

イリアはイヴァンに連れられて、初めてその研究所に足を運んだ。外見は普通の化学薬品工場のように見える。周囲はしっかりと鉄条網が張り巡らされ、方々に『爆発物危険』と書かれた札が掲げられていた。

内部は確かに化学薬品工場だった。清潔そうな白の制服を着た作業員達が、製造された製品を箱詰めしているといった、ごく普通の工場だ。

ところがさらにその奥にあるドアを開くと階段があって、イヴァンは黙って地下へと降りていった。その後に従いながら、イリアはイヴァンの手に握られた、幾つもの鍵束に目を向ける。

階段へと続くドアにも鍵が掛けられていたが、またしても別の鍵が必要になっている。かなり厳重に、出入りする人間を限定している証拠だろう。

「イリア、聡明なそなたならもう分かるだろう。ここで見たことは、決して口外してはならぬ。これはまさに……神をも裏切る研究なのだ」

声を潜めながらも、イヴァンは誇らしげに言う。

二人に続いて、イヴァンの腹心である随臣達が、男とミンデの遺体を内部に運び込んだ。

最初に入った部屋は、恐ろしいほど何もなかった。剝き出しのコンクリートの壁を、天井に点けられた小さな電球が照らしている。

イリアは異臭に気付いて、思わずハンカチで口元を覆った。

まるで死体安置所のような臭いがする。それとも手入れの行き届かない、動物の飼育小屋だろうか。

イヴァンは慣れた様子でポケットからマスクを取り出し、素早く口元を覆っている。

「急だったので、そなたの分まで用意がなくてすまない。よい香りのするハンカチで、鼻を覆っているといい」

さらにまた鍵を使って、奥へと入っていく。

臭い筈だ。隣室は小動物の飼育場所になっていた。人が入ってきた途端に、小動物とは思えぬ凶暴さで、ケージの中で暴れ出す。その目は皆、異様に赤く光っていた。

続いてまたドアがあったが、ここは施錠されていない。すんなりと開いたドアの先は廊下になっていて、ひんやりとして暗く、まさに死体安置所を思い出させた。

まだ幾つもドアがある。そのうちの一つをイヴァンは開く。中は動物病院の診察所のようになっていた。

「これは殿下……このような場所に足をお運び戴き恐縮です」

掠れた声で挨拶したのは、白衣を着た眼鏡の男だった。

いろいろな人間を見てきたイリアだったが、その男の年齢が全く読めない。まだ若いのか、それともかなり老齢なのか。

背は低く、かなり痩せている。髪は乱れ、額には深い皺が刻まれていた。だが目はきらきらと輝いていて、口元から覗く歯は綺麗に揃っている。

「イリア、ハザウェイ博士だ」

「初めまして、ハザウェイ博士」

握手をすべきかどうか分からない。だが心配する必要はなかったようだ。ハザウェイは白衣のポケットに手を突っ込んだままで、決して自ら手を差し出そうとはしなかった。

「愛犬が心ないものに撃たれたので、イリアが悲しんでいる。ハザウェイ……」

随臣は断りもなく、診察台の上にミンデの遺体を置いた。それを見てハザウェイは、困惑した様子を見せた。

「殿下……お気持ちはお察しいたしますが、何しろまだ研究も途中です。はっきり申し上げれば、全く同じ状態で再生出来る保証はありません」

ハザウェイは慌てて言ったが、途端にイヴァンは険悪な顔になった。

「これまでどれだけ金を注ぎ込んだと思っているんだ。なのに、まだ完成していないと言うのか。今日はわざわざおまえの研究のために、真新しい死体も用意してやったというのに」

「最初にお話しいたしました。この研究を完成させるには、さらに何年も必要です」

得意げに自分が支援している研究結果を見せるつもりが、当てが外れてイヴァンは怒り出した。イリアはすぐにそんなイヴァンの腕を引き、優しく慰めた。

「殿下……私にはここでどんな奇跡が起こせるのか、まだよく分かっておりません。よろしければ教えてください」

「……死んだものを蘇らせる研究だ。さっき見てきた動物は、皆、一度死んでいる」

「あの動物達が？」

ここに来るまでは半信半疑だったが、自分の目で見ると信じたくもなってくる。

「では、不老不死の研究をなさっているのですか？」

イリアの質問に、ハザウェイは小さく首を振った。

「これは……死んだ生き物から、全く別の生き物を作る研究だとでも思ってください。蘇ったものは、以前と同じ性質とは言えません。性質は凶暴化するし、知能も衰えます。ただしやつらは、多少の傷では死なない体にはなりますが」

誇らしげにハザウェイは言ったが、すぐにイヴァンの機嫌が悪いことを思い出したのか、視線を宙に彷徨わせた。

「ご希望とあれば、その犬を再生いたしましょう。ですが獰猛で手がつけられないようになったら、残念ですが……再度の処分をご検討ください」

そう言うとハザウェイは、同じような白衣を着た二人の助手に手伝わせて、早速ミンデの体から銃弾を抜き取って傷口を縫合した。そして血液が混じった大量の薬液を、その体内に注入し始めた。

「この薬液を定期的に注入していれば、命を保(も)たせることは可能ですが、正直どれだけ保たせられるかは、まだ研究結果が出ておりません」

ハザウェイの言葉に、イヴァンは苛ついた様子で言う。

「まさか三日で死ぬようなことはないだろうな」

「それはありません。私が申し上げているのは、年単位の保証でして」

「ならば構わぬ。その頃(ころ)には、次の犬が見つかっているだろう」

こともなくイヴァンは言った。

今はイリアが悲しんでいるから、必死になってミンデの命を再生しようとしているが、そうでなかったらイヴァンはすぐに新しい犬を取り寄せただろう。

所詮(しょせん)、この男にとっては、愛人も犬もその程度の存在なのだ。

「あの男の遺体は、どうするおつもりなんです？」

イリアはまだ袋に入れられたままの男のことを、それとなく目で示した。

「動物の次となれば……お分かりでしょう？　その……何とお呼びすればよろしいでしょうか、若様とでも？」

「イリアです。イリア・オードマン」

今はこうして堂々とオードマンと名乗っているが、公爵はまだイリアを正式に認知していない。愚か者の公爵だったが、それがいかに危険なことかは分かっているようだ。

「オードマン様……いずれこの男の姿を見ることになりましょうが、お知り合いでしたか？」

「知り合いと言うほどではないけれど……」

知り合いではない。イリアの貴重な命を狙ってくれた相手だった。

「記憶は消えます。犬並み……いや猿並みでしょうか。その程度の知恵しかありません。鞭で叩いて教えれば、どうにか人並みのことは出来ますが」

「鞭で？」

そこでイリアは、ハンカチでまた口元を覆った。

臭いにはもう慣れた。ハンカチで口元を隠したのは、どうにも止められない笑いを隠すためだった。

ミンデの体に電極が差し込まれ、小さな雷のような放電が一瞬でその体を貫いた。するとと確かに死んでいた筈のミンデの体が、大きくびくっと跳ね返った。

「死なせてしまうには惜しい、美しい犬ですな。そうそう、去勢しなければ性衝動はありますが、生殖は不可能です。子胤を取ることは出来ません」

「それなら問題ない。ミンデの親に、また子犬を産ませる」

イヴァンはそう言いながら、ミンデの腹がゆっくりと上下し始めたのを、イリアによく見せようとした。

「どうだ、イリア。これが我が国の最新科学の力だ」

「素晴らしいです、殿下。いずれは……死なない兵の軍団が作れるのですね」

思わず漏らしたイリアの言葉に、イヴァンは怪訝(けげん)な顔を向ける。

「軍団?」

「はい……」

まさかこれほどの研究が、そのために成されていたのではないとでも言うつもりなのか。そちらのほうが、イリアには信じがたい。

これは徹底的に教育しなおさないといけない。これだけのものを持ちながら、何もせずにいるとは愚か過ぎる。

まずは一度死んだ人間に鞭を振るう前に、イヴァンの背中に鞭を振り下ろし、厳しく躾けることから始めないといけないと、イリアは覚悟を決めていた。

建国二〇〇五年

イヴァンの父である、ヨハン五世が崩御した。ここ数年、病に伏すことが多かったからすでに準備は整っていて、ただちにイヴァンを次代の国王として宣誓させるよう進められていた。

「ああ、イリア。もう駄目だ。明日からは宮廷に戻らないといけない」

離宮の巨大なベッドで、イヴァンは朝から泣き濡(ぬ)れている。子供のように、この自由な生活が終わることを嘆いているのだ。

かつてはまだ皇太子らしい威厳もあり、若々しさも失っていなかったが、今のイヴァンにあの頃の姿はない。張りのあった体から肉はそげ落ち、胸にはあばら骨が浮き出ている。

顔色は悪く、眼窩(がんか)は落ち込み、豊かだった髪もすっかり少なくなっていた。

その背中には、醜い瘡蓋(かさぶた)が無数にある。

催淫剤の乱用で、もはや普通の性行為で満足出来なくなったその体には、痛みという刺激が恒常的に必要になっていた。

傍らに寄り添う、裸身にシルクのガウンを纏っただけのイリアは、それに比べて輝くばかりに美しい。イヴァンと出会ってからの五年間、贅を尽くした生活を満喫しているおかげだ。

イヴァンには薬を与えるけれど、イリアは決してそんな自分の健康を損なうものは使用しない。

よい食事と、ほどよい運動。そして何より、野望の実現に向けて、着々とことを進めている満足感が、イリアを神々しいまでに輝かせていた。

「殿下とお呼びするのは今日までですね。明日よりは、陛下とお呼びしなければ」

イヴァンの手を取り、そこに唇を押し当てながらイリアは微笑む。

ベッドの足下には、ミンデの兄弟にあたる犬が寝ころんでいる。やはり同じミンデという名を与えられて、イリアに可愛がられていた。

最初のミンデは、それでも二年は生きた。かなり気の荒い犬になって、やたら誰にでも嚙み付いたが、不思議とイリアにだけは従順だった。

尖った金具を着けた首輪を填めさせ、いつでも自分の傍らに置いていた。時にはイヴァンにすら牙を剝いたが、おかげでイリアは暴漢に襲われることもなく、こうして無事に生き延びている。

新しいミンデは、前のミンデの最初の頃と同じ、穏やかな犬だ。賢いし、とても従順でいい犬なのだが、イリアはあの死から再生されたミンデのほうが好きだった。

あれはもう犬ではなかった。かといって、他の生き物のどれとも違う。

まさに死からも自由になった、特別な生き物、悪魔の犬だったかもしれない。

けれどハザウェイがどんなに努力しても、強靭な肉体を維持させるのは、二年が限度だった。

今やイリアは、国家を挙げての機密プロジェクト、特殊化学研究所の所長代行だった。さらに正式に軍より、陸軍特殊部隊中尉に任命されている。軍の士官学校に入学した経験もないのにだ。

そのことを公に非難する者は少ない。なぜなら、そういった者には、必ずや後に不幸が襲いかかることになるからだ。

「ああ……イリア。私に王が務まるだろうか」

「大丈夫です、殿下。私が付いておりますから」

イリアはしっかりとイヴァンを抱き締め、その背中を優しく撫でさする。鞭を握り、散々痛めつけられたというのに、イヴァンはその手に縋り付き、いつまでも泣きやまなかった。

慰めながらもイリアは、隣国の未だ皇太子である秦黎秀のことを思う。

あれから何度か国家行事で見かけたが、ますます威厳が増し、帝に相応しい男になっていた。

あんな男だったら、本気で恋したかもしれない。

そう思うと反動のように、黎秀が憎くなってくる。そしてその気持ちが高まると、『秦安』攻略の夢がますます膨らんだ。

「例の薬はないのか？　イリア、何もかも忘れたい」

麻薬は癖になる。まだイヴァンに廃人になられては困るので、イリアはあまり強くない興奮剤を与えていた。それだけでも気鬱の傾向の強いイヴァンにとって、救いになるのだろう。けれど薬が増加傾向にあるのは困ったことだった。

「イリア、イリア、この愚かな余を、神に代わって鞭打ってくれ」

「殿下、今は自重なさってください。明日には戴冠式です。それまでには傷を治しておかないと」

離宮にいる間はいい。侍従もイヴァンの事情をよく知った者ばかりだ。シャツや寝具が血で汚れ、怪我をしていると分かっても、大騒ぎするような愚か者はいない。

けれど宮廷に入ったら、今度からは王専用の侍従が付く。彼らはこれまでの侍従のように、乱れた私生活まで大目には見てくれない。

イリアも今は自重するしかなかった。

「宮廷には、殿下に敵対する者も大勢いるでしょう……。ですが、ご安心を。私が殿下のために、最強の軍隊を作って差し上げますから」

ハザウェイの言っていたことは本当だった。あれから五年が過ぎたが、まだ人間に関しては完璧といえるものが出来上がっていない。再生された人間の記憶は失われ、獣のレベルまでに退行してしまう。それでも一年もすると、何とか人間らしくはなってくるが、その頃には肉体の劣化が進んで使い物にならなくなる。

いつになったら、獣のような人間、人獣を兵器として使えるようになるのだろう。それまでにイリアは、軍内部でかなりの力を持っておきたかった。

「殿下……王となられましたら、私を陸軍大尉か、少佐に格上げしてください。そうしなければ、二人で進めてきた計画に支障が出るかもしれません」

「何だ、イリア。何も望まないのではなかったか？　五年の間に、欲深くなったものだな」

イヴァンはイリアの体をはね除けると、髪を掻きむしって苛立ちを示した。

「この計画が成功しなかったら、国費の無駄遣いと非難されることになりますよ。そうなると王制反対派にいい口実を与えてしまうことになります。ここまで来たのですから、何が何でも成功させなければ意味がありません」

「そんなことは分かっている。金、金、金、みんな金のことばかりだ」

「『秦安』を手に入れれば、もう何の心配もありません。あの国の国庫には、我が国の倍以上の隠し資産があるでしょう」

　イヴァンの時代になったら、さっさと戦争を開始して欲しかった。今なら科学力の差で、勝利は容易(たやす)く手に入る。戦勝すれば、特殊化学研究所に対する批判も自然と消えていくだろう。

「落ち着いて眠れますよう、今から私が……」

　イヴァンの体を横たえると、イリアはその部分に顔を近づけて口に含んだ。興奮剤を使わないと、もう興奮する力もない。イリアのテクニックをもってしても、イヴァンのものは固くはならず、いつまでも柔らかいままだ。

　そうしているうちに、いつしかイヴァンは眠ってしまった。

　イリアは満たされないまま、置いて行かれてしまう。体は疼(うず)きを覚え、その部分は荒々しく蹂躙(じゅうりん)されるのを望んでいるというのに、最近は満足することなどほとんどない。

　けれどイヴァンは猜疑心(さいぎしん)と嫉妬(しっと)が凄(すご)いから、イリアは簡単に男を漁(あさ)るような真似(まね)も出来なかった。

　あの美しい異国の黒髪の皇太子に抱かれたい。

イヴァンの横に体を並べながら、イリアは夢想する。

皇太子を手に入れた。そしてその皇太子が、明日には王になる。最高権力者の愛人の座をついに手に入れたのだ。なのにこの虚しさは何だろう。

夜毎、イリアの野心をイヴァンの耳元に吹き込み、戦争の準備も整いつつある。ハザウェイの研究は、ゆっくりとはいえ着実に進んでいた。

何もかも順調そうに思えるのに、この不安はどうして消え去らないのだろう。

セックスの満足なんて、たかがしれている。自分で自分を満足させて、楽になる方法だってあるのだから、さっさと自分の体を自由にしてしまえばいい。

そうすればこんな虚しい夢からは解放される。

けれど目を閉じれば、黒髪の皇太子の姿が浮かぶ。

そしてイリアは気が付く。手に入らないものを欲しがることで、自分は自分らしく生きていけるのだと。

ついにその時が来た。それは戴冠式の数日後、新王の執務室で突然、イリアに直接イヴァンから告げられた。

離宮を出てから、イヴァンと二人きりになったことはない。久しぶりに二人きりになって、イリアは最上の笑みを浮かべてイヴァンを見つめる。

「改めて、即位のお祝いを申し上げます」

「いいのだ、イリア。成るべくして成った。ただ……それだけだ」

気のせいか、イヴァンは以前より少し健康そうに見える。恐らく宮廷医は、必死になって新王の健康回復のために働いたのだろう。

「イリア、余は即位したこの後……婚姻することとなった。相手は隣国、『ゾフテンシュタイン』の第一皇女フランチェスカだ」

「それはおめでとうございます」

当然、そういう流れになるだろうとは予想がついた。どうせ政略結婚だ、愛などなくても結婚は簡単に出来る。

イヴァンの足下には、変わらずミンデが控えている。王宮内までイリアを伴うことはしなかったのに、犬は連れてきたのだ。それが何となく面白(おもしろ)くない。これまではそんなこと考えもしなかったのに、つまらない感情にイリアは支配されていた。

それはきっと、次に聞くだろう言葉が予想されたせいで、抱いた悪感情かもしれない。

「イリア・オードマン。長い間の、余に対する心からの忠誠に感謝する。以後は、自分の職務に忠実に、国家のために尽くしてくれ」

やはり来たなと、イリアは思った。

宮廷に入った途端、イヴァンは理性を取り戻したのだ。いや、取り戻させられたと言うべきだろう。先王から仕えている忠臣と呼ばれる年寄り連中が、まともと思える理論を並べて、この病める新王を説得したのに違いない。

自分より強い者に対して、すぐに丸め込まれてしまうイヴァンだ。新たな心の支配者達に、立ち向かう勇気も元気もありはしない。

けれどイヴァンは、数日もしないうちに、不安に押し潰されそうになってイリアを再び求める筈だ。それともイリアが長年かけてやってきた洗脳も、宮廷という特別な場所では効果を失ってしまうのだろうか。

「イリア・オードマン、特殊化学研究所の所長と、陸軍特殊部隊大尉に任ずる。これが任命書だ」

イヴァンはイリアの見ている前で、任命書にすらすらとサインを書き入れた。

つまりはこの任命書が、手切れ金代わりというわけだ。

「ありがとうございます……楽しい日々を送らせていただき、陛下には深く感謝しております」

抑揚のない声で、イリアは儀礼的に挨拶した。

「すまない……もう余には、どうすることも叶わぬのだ。世継ぎを作らねばならぬ」

それまでどうにか理性的でいようとしたイヴァンだったが、結局は押し寄せる感情に負けて、弱音を吐き出した。

「いつかこんな日が来ることは、分かっておりました。願わくばハザウェイ博士の研究に、今後もご尽力戴ければ幸いです」

「うむ、それだけは何があっても続けさせる。安心していい」

してやれることはそれだけだと、イヴァンにも分かっているのだろう。

「それでは……お元気で……陛下」

イリアが一礼して去ろうとすると、イヴァンは突然、机に突っ伏して声を上げて泣き始めた。

「あ、愛していたのだ、イリア。娼婦の息子などでなければ、せめて内務省で働かせることくらいは出来たのに……」

貴族御用達の高級娼館の息子では、いずれどんなスキャンダルを利用されるかも分からない。そう思われてイリアは遠ざけられたのだろう。

「私も……愛しておりました、陛下……」

これがイヴァンに吐く、最期の嘘になるのだろうか。イリアはもうそれ以上何も言わずに、新王の執務室を出て行った。

今は特殊化学研究所内に、イリアの居住スペースがある。離宮のように豪勢ではないが、悪臭は決して入り込まないように工夫された、広々とした最新式デザインの部屋だ。

そこへ戻る前に、イリアは何年ぶりかで母、ベネットの元を訪れた。

「まぁ、珍しいこと。愛人に捨てられて、いよいよ行くところがなくなったのかしら？」

今では立派な青年となったイリアを抱き締めながら、ベネットは平然と嫌みを口にした。

「ご心配なく。大尉に昇進いたしました。それだけでなく、研究所所長代行は所長に格上げです」

「あら、そう。それはよろしかったこと」

だがどんなに重要な役職に就いても、ベネットにはその価値が分からない。やはり広大な領地を所有出来る貴族の爵位が、最高のものだと思っている節がある。もしイリアが、男爵の爵位を授けられ、片田舎にほんの少しの土地を与えられただけでも、ベネットはもっと喜んだだろう。

「母上……最近、おかしなことがあったりしませんでしたか？」

イリアの質問に、ベネットは怪訝な顔つきになった。

「何のことかしら？」

「……新王を手なずけるために、裏でこそこそと動いているやつらがいるようです。邪魔者は一掃したいのでしょうが、どうやら母上もそのリストの中に入っているようですよ」

いずれイリアの切り札となるだろう、ベネットの顧客リスト。それを始末したい人間がきっといる筈だ。

オードマン公爵の愛人ということで、これまでは静観していたやつらも、先王が崩御した今、もう大人しくはしていないだろう。

「嫌ね……そんな」

「公爵は病に罹られ、最近はこちらにも足が遠のいているでしょ？　公爵夫人が亡くなったとき、後釜を狙ったんでしょうが、当てが外れたようですね。愛人に捨てられたのは、あなたのほうだ。もうあなたを守るものは何もありませんよ」

イリアは冷たい口調で言うと、勝手にベネットの文机や、書棚を漁り始めた。

「何をしているの、イリア」

「帳簿と店の権利書を探してるんです。もう引退なさい、母上」

「なっ……なんですって」

「白粉で隠しているようですが、そろそろ隠しきれなくなってますよ、その小皺」

書棚の裏に、やはり隠し金庫があった。そこに何もかもを入れてあるのだろう。

「鍵を、母上……」

けれどベネットも、イリアとそっくりの形のいい眉をきりりと吊り上げ、怒った顔になって何も言わない。決して渡すものかと、意地になっているようだ。

「私から店を取り上げて、どうするつもり」

「そうですね。『マダム・ベネットの秘密の館』とかのタイトルで、回顧録でもお書きなさい。実名入りの一大スキャンダル本を書けば、たとえ出版しなくても大金持ちになれますよ」

続けて鍵を催促するように、イリアは手のひらを上に向けて、くいくいっと動かす。けれどベネットは、お気に入りのプードルを抱き締めて、頑なに拒み続けた。

「平然と私を、実の父親かもしれない公爵に売ったあなただ。少しは息子に債務を支払いなさい」

「あなたは……オードマン公爵の息子じゃないわ。決闘で死んだ、『ゾフテンシュタイン』の貧乏貴族が父親よ……」

「それで罪が軽くなるとでも？」

イリアは笑った。怯えたベネットの今の様子が、まさに震えるプードルのようだったからだ。

「子供を売った事実には変わりないのに」

そのままイリアは近づくと、ベネットの腕から無理やりプードルを奪い取った。そしてポケットから取り出した銃を、プードルに突きつける。

「な、何をするのっ、陛下に捨てられて狂ったのねっ、イリア？」

「目的は果たしました。あの男は、私にとってはもう不用な存在ですから……ご安心を」

いつかあの王宮を手に入れる。

イリアの夢想は広がっていった。

王族一味を追い出し、共和国として自分が最初の国家元首となる。

まるっきり夢だとは思えない。現に目的だったものは着実に実行され、少しずつだが先へ進んでいるのだから。

「護身用にと、母上がくださった銃ですが、とても役だってますよ。これで何人、撃ったかな。けれど犬を撃つのは初めてですけれどね」

イリアは撃鉄を起こし、プードルの頭にぴたりと押し当てた。

「やめてっ、やめなさいっ、イリア」

「やめて欲しかったら、すぐに金庫を開けなさい」

じっと睨み付けるイリアに、ついにベネットは反抗するのを諦めた。そしてドレスの裾をめくり、足首に着けられたアンクレットを外す。そこに小さな鍵がぶら下がっていた。

ベネットは鍵を手にして、金庫へと向かう。背後に忍び寄ったイリアは、耳元に顔を寄せて囁いた。

「これもね、母上。あなたに死んで欲しくないからすることなのですよ。マダム・ベネットには、そう簡単に消えて貰っては困る。その名前は、一部の貴族にとっては、脅威であり続けないといけないんです」

囁きが終わる前に、イリアはベネットを撃ち抜いていた。

驚いて振り向いたベネットの瞳は、イリアと同じ美しい紫だ。紫水晶のようなその瞳には、にこやかに笑うイリアの顔が一瞬だけ映り込んでいた。

「ど……どうして……」

ベネットの手が、イリアの服を摑もうとして摑めないまま、ずるずると胸元を滑り落ちていく。その傍らに、イリアはプードルをそっと下ろしてやった。

「撃たれても死なない体を差し上げます。ただし、美しさや若さまでは保証いたしませんが」

これでいい。もう誰もベネットの命を狙えない。送られてきた刺客達は、その後もずっとベネットの亡霊に悩まされることになる。貴族達の秘密を知り過ぎたベネットは、魔女となって皆を恐怖で支配するようになるのだ。

「また一緒に暮らしましょう、母上。ただし、あなたは檻の中ですけれど」

イリアは金庫を開き、帳簿や権利書と一緒に大切に仕舞われていた、顧客リストをついに発見した。店はこのまま誰かに経営させればいい。ただし売り上げの何割かと、新たな顧客リストを忘れずにイリアに届けるというのが条件だ。

足下に転がっているベネットを、イリアはじっと見下ろす。白粉が剝げた部分には、本当に小皺が無数寄っていて哀れを誘う。

「もう皺に怯える心配はないですよ……それだけでも救いでしょ」

絨毯に血が染みこむ前に、始末をしなければいけない。イリアは電話に向かい、腹心の部下を呼び出していた。

## 建国二〇一〇年

『ミラン』の隣国『秦安』。四千有余年の歴史を誇る大国は、新たな時代を迎えようとしていた。帝である秦岱明が病に倒れると、再び暗雲が両国の頭上に垂れ込めた。ほどなくして国境での小競り合いをきっかけに、『ミラン』は再び『秦安』への侵攻を開始したのだ。

事態を重視した『秦安』朝廷は、先帝の退位を促した。長男の秦黎秀が即位し、第二十代秦王朝が誕生した。

だが皮肉にも、本格的な戦いの始まりは、黎秀の即位式の日だった。

その日は、『秦安』の国花にもなっている桃の花が満開で、空は青く澄み渡り、まさに天も新帝の即位を祝福しているような好日だった。

李瑛蓮は自室のベッドで目覚めて、天窓から見える青空の美しさに感激していた。

「何ていい天気……」

部屋に入ってくる風には、甘い花の匂いが微かに混じっている。

広大な皇宮の外れに、宮中で働く者達の宿舎が連なっている。役職の重い者は、広い宿舎と皇宮にも至近の場所を与えられる。瑛蓮の住まいは皇宮に隣接していて、皇子達の住まう東の宮のすぐ近くだった。

「起きて、羽秀。今日は大事な日だよ」

瑛蓮は隣に寝ていた、逞しい若者の体を揺する。

「おかしくないかな。化粧もしないといけないいんだけど、女みたいで恥ずかしい」

部屋の隅には、古の煌びやかな衣装が吊されている。その衣装に身を包んで、即位式で祝賀の舞を舞う栄誉を、瑛蓮は授けられたのだ。

一月近く練習してきたが、本番当日となって緊張を隠せない。

「大丈夫さ。誰よりも綺麗だ……瑛蓮は……きっと天女みたいだよ」

そう言って瑛蓮を抱きしめたのは、新帝の二十人いる弟妹のうち、第六皇子である羽秀だった。

二人は共に十八歳だ。

瑛蓮の父は、皇宮内の御典医を務めていた。その関係から、瑛蓮は帝位継承権から遠い皇子の羽秀とは、兄弟のように共に育ったのだ。

「医療大学のみんなには、笑われそうだな」

瑛蓮は美しい顔を曇らせる。

「誰が笑うって？　笑ったやつには、私がしっかりと制裁を加えてやるさ」

長身、黒髪の若き皇子羽秀は、瑛蓮を蕩けるような目で見ながら言った。

二人はもう、兄弟のような関係ではない。

十五歳の時から関係は深まり、今では体を重ね合う仲になっていた。

起き出そうとする瑛蓮を、羽秀は行かせまいとして、そのまま強く抱きしめる。

「あーあ、兄上が即位してしまったら、もう皇子の気楽な身分でいられないのかな。今度は大弟殿下と呼ばれるのか？」

羽秀は美しい眉を寄せて、困った顔をしてみせた。

「変わらないでしょ。だってどの大弟殿下も、皆様のんびりと暮らしているもの」

羽秀の腕の中で、瑛蓮は笑いながら言った。

「瑛蓮、大学を終えたら、南の国へ旅をしないか？」

瑛蓮の髪を直してやりながら、羽秀は甘い声で囁く。

「南の国には、『秦安』にはいない大きな獣がたくさんいる。私は大弟殿下として、それらの動物を飼育して、民に広く見せる事業をやりたいと思ってるんだ」

「『ミラン』にある、動物園のようなもの？」

「そうだ。学問は何も高官の子弟だけの特権じゃない。庶民にも様々なものに触れる機会は必要だ」

『秦安』では十五歳から大学に入り、さらに高度な学問を学べる。けれどそんな特権を持つのは、政府高官の子弟か、難しい試験に合格したほんの一握りの秀才だけだ。

羽秀は国家学を学び、瑛蓮は医学を学んでいた。

「『ミラン』はどんどん科学力を高めている。一年前の留学期間に強く感じたものだ。我が国も、もっと科学に目を向けるべきだ。兄上は父上と違い、新しいものにも理解があるから、これがいい機会だと思う」

敵対することもある両国だが、文化交流の歴史は長い。留学生は半年の間、『ミラン』での在留を認められていた。

羽秀も瑛蓮も、去年は半年間、『ミラン』の大学で学んだ。隣国の文化にかぶれることを嫌う長老連中もいるが、若い世代は素直に『ミラン』の最新の科学力を認めている。

「大学が終わるまで、まだ二年もあるのに、その間に羽秀、気が変わらないかな？」

「瑛蓮のほうが心配だ」

紅を刷(は)かれたような瑛蓮の唇に、羽秀は自分の唇を押しつける。瑛蓮は目を閉じ、誘うように唇を開いた。

昨夜、何度も体を重ねたというのに、若い二人はまたもや落ち着きをなくしている。

羽秀の手は、瑛蓮の薄い寝間着の胸元を開き、小さな乳首を弄り始めていた。

「駄目だよ、羽秀。今から、帝の前で、舞わないといけないんだから」

瑛蓮は羽秀の手を押しのけて、ベッドから降りようとする。けれど羽秀は行かせまいとするから、まるで子猫がじゃれ合っているかのように、いつまでも二人はベッドから出られない。

そうしているうちに、部屋の外から咳払(せきばら)いが聞こえてきた。羽秀の随臣はこの部屋にいることを知っているから、迎えに来たようだ。

「あーあ、今からずっと退屈な式典だ。瑛蓮の舞を見られるのだけが楽しみだな」

ついに諦めた羽秀は起き上がり、裸のままだった体に薄物の下着を纏う。

「『ミラン』の王族や貴族には、正式な招待状を出しているのに、誰からもまだ出席の返事がない。兄上はかなりご立腹だ」

ベッドを抜け出した羽秀は、大きく伸びをしながら瑛蓮を振り返る。

「兄上から怒られる前に、弟として、素直に心からの挨拶をしてくるか」

瑛蓮の額に唇を押し当てると、羽秀はそのまま部屋を出て行った。

即位式の時、帝の前で舞えるのは、国中から選ばれた十八歳の若者七人と決められている。しかも背は百七十センチくらいで、顔立ち、体つきも特別に美しくなければいけなかった。

瑛蓮が選ばれたことには、誰も異議を差し挟まない。皇宮内一の美貌だと、誰もが認めていたからだ。

控え室で舞の衣装に着替えた瑛蓮は、綺麗に化粧された顔を鏡に映して見ていた。

自分ではないように思える。伝説の貴妃か天女のようだ

そこに羽秀が、隠れるようにしてやってきた。

「綺麗だ……瑛蓮、お前が一番美しい」

耳元で囁かれ、瑛蓮は白く塗られた顔を朱に染める。

「失敗したら嫌だな」

元気づけるつもりなのか、羽秀はそっと手を握ってくる。他の舞手はそんな二人の様子を、ちらちらと羨ましそうに盗み見ていた。

「うわっ、そろそろ出番だ。行かなくちゃ」

「失敗しても気にするな」

羽秀に送られて瑛蓮は、皇宮前の広場に設けられた特設舞台へと上がった。

羽秀にも見られていることを強く意識しながら、瑛蓮は優雅に舞った。

楽曲に合わせ、男とも思えぬ高音で、『秦安』一の歌い手麗欄が、『春よ、常世の春よ』と歌っている。

新帝は一段高い場所に設けられた玉座から、満足そうに舞を眺め、美声に聞き惚れていた。

ここからまた新しい歴史が刻まれる、そんな記念すべき日に相応しい即位式だ。

ところが即位式の最後に、新帝にもたらされたのは、天からの祝福ではなく、信じられない驚きだった。

「あれは、何？」

舞を終え、羽秀の傍らに寄り添っていた瑛蓮は、上空を見上げて呟く。

青空に黒い虫のようなものが、飛んでいるかに見えたのだ。

「何だろう？」

羽秀も目をこらしていたが、徐々にその表情は険しくなっていった。

微かに音が聞こえる。虫の羽音のようだ。豆粒のように小さく見えていたものが、徐々に大きくなってくるに従い、音もどんどん大きくなっていった。

「飛行艇？　『ミラン』の飛行艇部隊だ」

地上からでも、形がはっきりと目に出来るようになった。

グオーン、グオーンと聞こえるのは、巨大な飛行艇のエンジン音だ。

「新帝の即位式を、祝うつもりなのかな？」

瑛蓮の問いには答えず、羽秀は強く瑛蓮の体を抱き寄せていた。

「それにしても……様子がおかしい。祝うだけなら、小型飛行艇でも十分だ……」

世界で初めて飛行艇を作り出した『ミラン』国軍は、その後も改良を重ね、今では大型の輸送用飛行艇をかなり配備している。

『秦安』もその技術を密かに盗み、開発に取り組んではいるが、まだ小型飛行艇がやっとだった。

「凄い……」

上空を覆うようにして飛んでいる飛行艇から、その時、きらっと光るものが落ちてきた。

「逃げろっ！　爆弾だっ！」

羽秀は叫ぶと同時に、瑛蓮の手を引いて走り出した。

「嘘だ。だって和平条約がっ」

叫ぶ瑛蓮の手を引いて、羽秀は走る。それと同時に、広場に集まっていた群衆はパニックとなり、それぞれ思い思いの方向に走り出す。羽秀は子供や女達が怪我をしないように、必死でその体で守ってやっていた。

混乱の中、最初の爆弾が、古より皇宮を守ってきた城壁を一瞬にして粉々に砕いた。

方々で悲鳴が上がる。

新帝は呆然として空を見上げていたが、随臣に手を引かれて安全な場所への移動を促されている。

その顔には、徐々に憤怒の表情が広がっていった。

敵機の来襲に、『秦安』の小型飛行艇部隊が慌てて飛び立つ。

大型飛行艇の飛行速度は遅く、小型飛行艇のように簡単に方向転換も出来ない。戦いとなると不利だと知っているのか、次々と爆弾を投下すると、ゆっくりと旋回して元来たほうに戻っていく。

追いついた小型飛行艇からの追撃は、最後尾の一機を撃ち落とすのがやっとだった。

「酷い……これは……何」

血に染まる広場を見渡して震える瑛蓮を、羽秀はしっかりと抱きしめる。

「父上が退位なさったことで、和平条約は無効になったんだ」

皆を救うために体を張った羽秀は、額に血を滲ませている。瑛蓮は美しい絹の衣装を引き裂き、羽秀の額を拭った。

「帝が退位されたから？　でも、これまではずっと平和だったのに」

「和平条約に署名したのは父上だが、きっと条文には、次代の帝との間にもその条約が有効だとは、書かれていなかったんだろう」

羽秀も荒い息をしている。怒りをどうにか抑えたいのだが、上手く出来ないのだ。その目はぎらつき、全身が細かく震えていた。

「『ミラン』の王は、穏やかそうな人だったのに」

「力のない、飾り物の王だ。軍部にそそのかされて、開戦を許可したんだろう。やつらは自国の科学力を誇っている。今なら、二千年成し遂げられなかった、世界制覇も可能だと思ってるんだっ！」

羽秀はきつく唇を噛む。すると新たに血が滲んできて、瑛蓮はまたもや羽秀の口元を拭わねばならなかった。

「我が国が戦わなければ、近隣諸国すべてが支配されてしまう。そんなことにならないためにも……瑛蓮、私達は戦わないといけない」

「羽秀……」

誇り高い帝の一族には、いきなりのこの急襲は許せないものなのだろう。

瑛蓮は自分の愛する男が、先陣をきって戦地に乗り込むだろうと予感した。

「戦いに行くのなら、私も連れて行って」

「駄目だ、瑛蓮。危険な場所にお前を連れてはいけない」

「でも……医療部隊だったらいいでしょう？　私にはそれくらいしか出来ないけれど」

爆撃を受け、血を流して苦しむ人達を見ながら、瑛蓮は決意した。

羽秀の元を離れてはいけない。共に戦うことは出来ないけれど、常に側にいて見守っていたかったのだ。

「瑛蓮、戦うことしか出来ない我が身が、心底悔しい」

瑛蓮を抱きしめながら、羽秀は苦しげに呻く。

その気持ちが痛いほど分かるだけに、瑛蓮も同じように苦しかった。

戦況は激化していった。

羽秀は陸軍に所属し、日々、国境付近で激戦にまみれていた。

同じように瑛蓮は医療部隊に所属し、医療兵として羽秀の所属する部隊と行動を共にしていた。

国境付近の駐屯地では、怪我をした兵が次々と運び込まれてくる。その度に瑛蓮は、自分の寝る間も惜しんで治療に当たった。

「大丈夫ですよ。すぐに、医療トラックで安全な地帯まで搬送しますから」

怪我をした兵に話しかけながら、瑛蓮は手慣れた様子で傷口を縫合していく。

「途中で死んでも、遺体は家族の元に送り届けてくれ」

足に大怪我を負った兵は、瑛蓮の袖（そで）を摑んで呻きながら言う。

「この程度の怪我では死にませんから、安心してください」

「恐ろしい噂を聞いたんだ。ミラン軍は、我が軍の遺体まで盗むそうだな」

「えっ……」

『秦安』では古来からある宗教上、遺体を手厚く葬（ほうむ）らないと、来世での平安は約束されないことになっていた。だから戦死した兵の遺体も、出来る限り家族に引き渡すように努力している。

敵が遺体まで盗むとなったら、兵の間に不安が広がるのも頷けた。

「そんなことはさせませんから」

安心させるように言いながら治療を終えた瑛蓮は、手を消毒するために席を立つ。すると羽秀が近づいてきた。

もう親しげに話しかけることは許されない。皇族である羽秀は、兵役に志願した途端に陸軍中佐になっている。ただの医療兵でしかない瑛蓮は、ここでは上官に対しては敬語で話しかけないといけなかった。

「瑛蓮」

「秦中佐、何かご用命でしょうか?」

敬礼をしながら、瑛蓮は顔を真っ直ぐに羽秀に向けた。

戦地では抱き合うことも叶わない。思えばあの即位式の朝、同じベッドで目覚めたのが、二人の特別な時間の最後になってしまった。

「今夜、怪我人を至急移送する。皐東地区は安全だ。病院を確保してあるから、責任者として向かってくれ」

「……この場を去れと、おっしゃるのですか?」

「そうだ。他に医療兵はいる」

「ですが……彼はまだ戦地での経験が浅く」

「瑛蓮、これは命令だ」

羽秀は上官の顔を崩さない。だが、羽秀がこの危険な戦地から、瑛蓮を遠ざけようと決意したのが読み取れた。

「納得出来ません」

「むしろここに残るより危険かもしれない。おかしな噂を聞いていないか？」

声を潜めて、羽秀は確認してくる。

「遺体が盗まれるということですか？」

「そうだ。『ミラン』は敵兵の首を晒しものにして悦ぶような、野蛮な国ではない。文化的な国なのに、敵とはいえ死者を冒瀆するようなことをするのはおかしい」

眉を寄せて、羽秀は考え込む。

その時、攻撃から戻ったのか、小隊が近づいてきた。

どの兵も疲れているのか、俯いたまま無言だ。

「怪我人はいますか？　いたら医療処置をします」

瑛蓮は話しかける。すると小隊の動きが止まった。

何だか様子がおかしい。目が赤く光ったように思えた。

「中佐！　そこにいるのは白伍長です。白伍長は、先日、戦死いたしましたっ」

側にいた兵が叫ぶのと同時に、同国の小隊は突然銃を構え、何の躊躇いも見せずに瑛蓮を撃った。

「瑛蓮っ！」

思わず瑛蓮を庇（かば）おうとした羽秀の体に、さらに弾丸が撃ち込まれる。

二人の体は同時に地面に倒れた。

「羽秀……羽秀……ああ……羽秀」

瑛蓮は羽秀に抱き着き、何度も愛しい男の名前を呼び続けた。

白伍長が指揮する小隊は、撃たれても倒れることもなく、次々と同国民を撃ち殺していく。

その様子を見ながら、瑛蓮は不謹慎にも、愛する羽秀に抱かれて死ねる幸福を感じていた。

羽秀はもう絶命している。自分もすぐに後を追えるだろう。

出来ることなら、亡骸もこうして抱き合ったままで埋めてはくれないだろうか。そうすれば来世でも添い遂げられると、瑛蓮は薄れゆく意識の中で願い続けた。

死ねばよかったのだ。

なのに残酷にも瑛蓮は、生き延びてしまった。

あの時何があったのかは、後で人伝に聞いただけだ。

羽秀の指揮していた中隊が、まさかの攻撃を受けて壊滅状態になった後、ミラン軍が乗り込んできたという。そして羽秀の遺体は奪われ、打ち捨てられた瑛蓮は、その後に到着した味方の軍によって助けられた。

撃っても死なない兵隊。

そんなものがこの世にあるのだろうか。

あったのだろう。

瑛蓮は夢の中で、あの場面を繰り返し見ている。

『白伍長は、先日、戦死しました』

誰が叫んだのかまでは覚えていないが、その声は今も耳にこびりついて離れない。

羽秀の後を追って死にたかった。けれど瑛蓮は皇宮内の特別室で、自分の父親によって看護されていたから、死にたくても死ねないのだ。

「お父さん、今日は何日？」

意識が戻ってすぐに、目の前にいる父に話しかけた。けれど父は涙を拭うばかりで、答えてくれようともしない。

羽秀が瑛蓮を庇って死んだことで、皇宮内で働く父も辛い思いをしているのだろうと、瑛蓮は父にそれ以上話しかけることも出来なかった。

撃たれた跡は三つ。

弾丸は上手く心臓を避けて、左肩と右肺、右足の太股に撃ち込まれていた。それだけで済んだのは、咄嗟に羽秀が瑛蓮を庇ってくれたおかげだろう。

けれど不思議なのは、なぜ皇族でもない自分が、こんな手厚い看護を受けられるかだった。父が皇宮内の御典医だとしても、ここまでやらせるほどの権力はない。

ゆっくりとだが体は回復していく。それにつれて瑛蓮は、心の痛みにさいなまれていった。

「元気になることだ、瑛蓮……」

言葉少なに、父は語りかける。けれどその顔は、死んだ人間を見ているようで、以前の優しさは感じられない。

そんな態度を示される理由は、やがて分かった。

「李瑛蓮」

眠っていた瑛蓮は、聞き慣れない声に驚いて目を開けた。

「陛下」

そこにいたのは、羽秀の兄であり、新帝となった黎秀だった。

「このような姿で、拝謁する無礼をお許し下さい」

急いで起きようとする瑛蓮を、黎秀は軽く手で制した。

「そのままでよい。無礼は許す」

黎秀はさらに、近くにいた父や随臣、看護師なども遠ざけてしまった。

二人きりになって、瑛蓮は覚悟を決めた。羽秀の死に対して、責められると思ったのだ。

「羽秀はよき弟だった」

黎秀は、何の感情も交えずに言う。けれど黎秀は、直に激昂（げっこう）するだろう。やはり思ったとおり、瑛蓮を非難しに来たのだ。

「男相手に真摯（しんし）な愛情関係を育てても、この国には罰する法律がない。二人の関係を許してきたが、それが過ちだったたか？」

「……」

瑛蓮には答えようがない。帝位継承権のない帝の弟は、生涯后（きさき）など娶（めと）らないほうが喜ばれる。帝の弟の后の親族まで皇族を名乗るようになると、余計な皇族が増えるばかりだったからだ。

だから羽秀が瑛蓮と恋仲になったことは、これまでは喜ばしいことのように思われてきたのではなかったか。

ここにきて非難めいた言い方をされて、瑛蓮は辛かった。

「瑛蓮、羽秀はお前を庇って死んだのだ」

「はい……そのとおりです、陛下」

瑛蓮を庇わなくても、羽秀は撃たれただろう。

けれど瑛蓮も、羽秀が自分を庇って死んだと思いたかった。

「何でお前は生きている？」

「……許されるなら、羽秀様の後を追いたいと思いますが、このように生かされております以上、父の面前で自害することも出来ません」

「そうだな。お前を生かすように命じたのは余だ」

「陛下が……」

黎秀は頷くと、怒りに燃えた目で瑛蓮を睨み付けた。

「李瑛蓮、今より勅命を与える」

「……」

「勅命のためにならこの国のすべての機関がお前に従うだろう。金は望むだけ与える。優秀な配下も、最新鋭の武器も与える」

「……私に、一体何をしろとおっしゃるのですか……」

帝の命令は絶対だった。逆らうことは許されない。

もっとも今の瑛蓮には、逆らうような気持ちはどこにもなかった。

黎秀は震える声で命じた。

「我が弟、羽秀を討て」

「……羽秀様は、亡くなられました」

羽秀の命が消えていくのを、瑛蓮はその身でしっかりと感じ取っていた。

それを今更、羽秀を討てとはどういうことだろう。

帝は大切な身内を殺されて、気が狂ったのだろうか。

「羽秀は、ミラン軍の特殊化学研究班に奪われた。そして……人ではないものに変えられたのだ。瑛蓮、その目で見たであろう。一度死んだ筈なのに、動き回るあのおぞましいもの達を」

「あっ！」

白伍長は戦死した。なのに銃を手にして、味方の兵を撃ち殺したのだ。

そんなことが出来る筈はないと思いたいが、ミランの科学は未だに謎に包まれている。

「第六子ではあるが、羽秀はこの国の帝の弟だ。それを人外のものに変えられるなどと、余には耐えられぬ」

「……羽秀様が……そんな」

悪夢の中に出てくる白伍長は、獣のように赤い目をしている。その顔色は土気色で、表情は虚ろだった。羽秀があんなものに姿を変えてしまったというのか。

「体が回復したら、ミランの人獣兵器について、詳しく研究している者達に混じり、知識を深めろ。

そしてその軟弱な体を鍛え直し、優秀な兵となれ。余の命令だ」

「陛下、羽秀様が奪われたというのは、確かなのですか？」

「遺体はすべて確認した。屈強な兵は奪われ、軟弱なものだけが打ち捨てられていた。瑛蓮、女のような身で、幸いしたな」

瑛蓮を抱きしめていた羽秀の体を、ミランの軍が引き離して奪っていったというのか。

そしてあの気高く、聡明だった皇子が、人獣に変えられたというのか。

あまりの衝撃に、瑛蓮には言葉もない。

「羽秀を討った後、お前が生きようが死のうが勝手だ。だが、羽秀を討つまでは、勝手に自害などすることは許さぬ。どんな痛みにも苦しみにも耐えて、羽秀を討て。それが……お前が羽秀に示せる、唯一の真(まこと)だ」

黎秀は冷たく言い放つと、踵(きびす)を返して去っていく。瑛蓮はベッドに起き上がったままの姿勢で、じっとしていた。

涙も流れない。いっそあの時、死んでしまえばよかったのか。

いや、死んだら羽秀を救うことが出来ない。

黎秀の言ったことは本当だ。

羽秀を愛しているなら、本当の平安を与えてやるべきだろう。それが瑛蓮の宿命ならば、自分はもう死んだも同然なのだから、何があっても勅命を叶えるべきだと思えた。

死んだ人間を蘇らせる。

神に背くことを、『ミラン』の特殊化学研究班は行っている。

けれどそれを裁く者がいない。

アーロン・ミシュレーは、軍用車で特殊化学研究班の研究所に向かう間、目を閉じて軍部の神をも恐れぬ蛮行を嘆いていた。

アーロンは赤茶の髪をした、背の高い堂々とした体軀の男だ。鼻梁は高く、瞳は枯れた赤薔薇を思わせる鳶色で、彫りの深いはっきりとした顔立ちをしている。年はまだ二十六歳と若い。

ミシュレー家は、伯爵の称号を持つ名家だった。長男か長女が家督を継ぎ、次男や三男は軍人になるのが、ミシュレー家の長い間の決まりだ。

次男は早くに亡くなり、三男だったアーロンは今のミシュレー家で唯一の軍人となった。百九十センチ近い長身で、武芸に秀でていて、特に射撃では国内大会で優勝したこともあるアーロンには、王国の軍人であることに誇りがある。けれど、今回の奇襲に始まる開戦には、どうしても納得出来ない。

「少尉、到着いたしました」

下士官が車のドアを外から開き、アーロンが出るまで頭を下げて待っている。

「すぐに戻る。それまで待機だ」

そう命じると、アーロンは研究所の中に入っていった。

会いたくない人物がいる。そのせいで、アーロンの表情は暗い。

ミランの軍人は、二つのタイプがある。アーロンのように、貴族の子弟で軍籍に就く人間と、庶民から志願して軍に入ってくるものだ。

そのうち士官のほとんどは、貴族階級の出身者が占めていた。

ここにアーロンを呼びつけた男も、出身は一応貴族ではあるらしい。

イリア・オードマン少佐。

父は公爵だが、母親は娼館の娼婦で、正式には庶子としてすら認められていない。なのに公爵の子息であることを堂々と名乗り、社交界にもデビューしていた。

どういった後ろ盾を持っているのだろう。

爵位もないというのに、いつの間にか軍に入って、将校の地位を手に入れた。

しかも特殊化学研究所の責任者などという大役を、三十歳になる前で務めているのは、どう考えてもアーロンには納得出来ない。

十五歳から士官学校に入り、軍人とはどうあるべきか学んできたアーロンだ。二十六歳という年齢で、少尉という身分だが、まだまだ満足出来るものではなかった。

だからこそ、イリアの不自然な出世が気になる。

イリアが王の愛人だったという噂があったが、今なら信じられた。病弱で、精神的にかなり弱い王だ。イリアのように図抜けて頭のいい策略家には、いいように繰られてしまうだろう。

その結果がこれなのか。

広大な研究所は、軍の上層部にもすべてを公開されることはない。あくまでも秘密厳守で、特別に許可された人間しか入れない部屋が幾つもあった。

そんな中、アーロンはイリアの執務室に入る。上級将校の執務室としては、最高ランクの贅を尽くした部屋だった。

「アーロン・ミシュレー少尉であります」

どんなに気に入らなくても上官だ。アーロンは足を揃え、敬礼してイリアの前に立った。

「少尉、わざわざ呼び立ててすまない」

銀髪の男が、冷たい目でアーロンを一瞥(いちべつ)する。

イリアが十七歳で社交界にデビューした時、あまりの美しさに、その場に居合わせた貴族達は騒然となったという。

天使のようだったと、アーロンの父ですら言った。

けれど外見とは裏腹に、その心に潜んでいるのは、恐ろしい悪魔だ。

そうでなければ、王国の国庫から多額の費用を捻出(ねんしゅつ)して、人獣などという恐ろしいものを作り出したりはしないだろう。

「失態だな、少尉」

イリアは自分のデスクの椅子に座ったまま、握手の手を差し出すこともせずにいきなり切り出した。

「失態と申しますと」

「先日の、特殊部隊の初参戦で、こちらの兵の遺体すべてを回収出来なかった」

特殊化学研究班が開発した、最初の人獣軍団が、国境にいた『秦安』の中隊を奇襲した。中隊は壊滅させたが、最後に人獣をすべて回収しきれなかったのだ。

不死身に近い生命力がある人獣とはいえ、やはり銃撃や爆撃を過度に受ければ死ぬ。回収を命じられた『ミラン』の兵達も、ずたずたになった人獣に気付かなかったのだろう。

「どうするんだ、ミシュレー少尉。敵に、我が国の開発しているものが何か知られたぞ」

「申し訳ありませんでした……」

「もう少し、奇襲で使えると思ったが、敵も今度からは、自国の兵にすら警戒するようになるだろう」

死んだ『秦安』の兵の体を使い、人獣にするのだ。同国人だから、怪しまれることなく敵地に入り込める。しかも人獣は痛みに強く、感情というものがほとんどない。どんなに撃たれても怯(ひる)まず、死ぬまで敵を徹底的に攻撃するから、たった一体でミラン兵二十人分に匹敵する殺傷能力があった。

「だが今回は、貴重なものを確保出来た」

イリアは口元を吊り上げ、冷笑を浮かべる。

「素晴らしい肉体をしていると思わないか？」

デスクの上に、写真が拡(ひろ)げられた。

『秦安』の若者の遺体だ。

肌は少し浅黒く、髪は漆黒だ。銃撃されたというのに、目を閉じたその死に顔は、なぜか穏やかだった。

「美しい……さすがに皇家の血を引く者だけのことはある」

「皇族ですか?」

「そうだ。秦王朝の皇子だ」

ほとんど感情など見せないイリアが、珍しく興奮しているとアーロンは感じた。

公爵の庶子であるイリアは、王族に対して屈折した特別な感情を抱いているのだろう。敵国とはいえ、正しき血統を持つ皇子を手に入れて喜んでいるのだ。

「陸軍中佐にして、秦安の第六皇子……秦羽秀……。少尉、どう思う? 新帝は自分の弟が人獣とされたらどう思うだろう? 高値で買い取るとでも言い出すかな」

ついにイリアは、くっくっと忍び笑いを漏らした。

あなたには、人の尊厳というものが分からないのか?

アーロンはそう訊ねたい。

けれど立場上出来ないから、怒りだけがふつふつと湧いてくる。

『ミラン』の国民から、高い税を搾り取り、その金で何を作っているのか。数ある兵器だけでは飽きたらず、人間までも武器に変えて、いったい何をしようというのか。

世界を支配するつもりだとしたら、アーロンは否定する。

もう大昔のような、馬と剣で戦いながら領土を拡げていく時代ではないのだ。恐怖だけが人を支配出来ると、アーロンは思わない。文明国家というものは、政治力で成り立つものだとアーロンは信じていた。

「少佐、やはり敵国の者とはいえ、皇族です。敬意を示すべきではないでしょうか……」

たまりかねてアーロンは進言する。けれどイリアは、軽く鼻先で笑っただけだった。

「『秦安』では、皇族は神のようにあがめられているようだな。だが、同じ人間だ。ただの生き物、獣でしかない」

「……それを言ったら、我が国の人間も同じです。私も、少佐も、同じ人間です」

「少尉、私はヒューマニズムについての解説を聞きたかったわけではない。回収し忘れたことによる、大いなる失態の責任をどう取るのか、確認したかっただけだ」

では、降格をお望みですかと言いかけて、アーロンは黙った。

「『秦安』の科学力では、人獣の残骸を手に入れたところで、同じものを作り出すことは不可能だ」

今のこの世界で、死人を獣に変えるなどと魔法のようなことが出来る人間は、天才生物学者、ドクター・ハザウェイを除いて恐らくどこにもいないだろう。

「だが、人獣の弱点など見つけられても困る。少尉、今から『秦安』の軍部が、どれだけ真実に近づいているのか、情報を探れ」

「『秦安』の軍内部を、スパイしろということですか……」

それがどんなに危険で難しい任務か、イリアは知っている。知っていて、失敗したアーロンにわざと命じるのだ。

「そういうことだ。軍人としての名誉を守りたかったら、努力したまえ。階級を剥奪(はくだつ)されるより、危険な任務に向かうほうが、ずっとましだろう？」

もう話はないというように、イリアはまた男の写真に目を向ける。

おもちゃのカタログを眺める子供のように、その顔は幸せそうだった。

ついにイリアは手に入れたのだ。密かに想っていた黎秀ではないが、羽秀は兄に実によく似ている。しかもイリアが初めて黎秀を見た頃と同年代のせいか、記憶に残る凛々しい皇太子と、姿がそのまま重なった。

アーロンを見送った後、イリアは軽やかな足取りで地下の研究室に向かう。そこではハザウェイが、手に入れた羽秀の様子を観察しているところだった。

「どうだ、様子は？」

イリアの姿に気が付くと、ハザウェイは大きく頷く。

「承認戴きましたので、新しいタイプの改造を行っております。これですと脳の機能が損なわれることが少なく、すぐに常人同様の生活様式を取り入れられます」

全裸で診察台に横たわる羽秀の姿を見ていると、イリアは落ち着きを失う。これはもう人間ではない。なのにイリアは、激しく情欲をかき立てられていたのだ。

遺体は新鮮なほうがいい。出来れば欠損は少ないのが望ましいが、出血は多くても構わない。なぜなら人獣になるときは、体内の血液をほとんど入れ替えるからだ。

あれから十年、研究はかなり進んでいた。初期の頃の人獣は、再生してすぐはほとんど獣同然で、人間らしいことが出来るようになるまで一年近く掛かったものだ。そしてどうにか軽作業に使えるようになる頃には、肉体のほうがぼろぼろになってしまった。

それが今は、再生してから二週間もすると、命じられたことが出来るようになってきた。ただし獣性は強く、反抗心もかなりあるので、教育の初期段階では電磁鞭が必要になる。鞭による電気ショックが、脳に上手く情報を伝えるのに役立つのだろう。

そしてついにイリアは、人獣による小隊を編成させた。軍事訓練を経てきた兵は、再生してまた兵にするには使い易い。銃器の操作もすぐに覚え、格闘術も身に着けているから最強だ。

問題は、どこまで忠実に命令を実行出来るかだが、特殊な薬液を常時体内に補給しないと、再び死ぬことが分かっているせいか、送り出した小隊は任務を終えるとすぐに帰還した。

まだ羽秀は眠ったままだ。こうして時間を掛けて再生すると、より高度なものになる。すでに実験済みだったから、イリアは急がせないことに決めたのだ。

「美しい……完璧な肉体だ」

イリアは羽秀の胸に、つーっと指を走らせる。

盛り上がった胸には、筋肉による弾力があり、皮膚はつやつやとしていて滑らかだった。

項垂(うなだ)れたままの性器は大きい。髪同様、黒い毛が性器の周辺に密生している。そんなものを見てしまうと、本当にこれが一度死んだ男だとは思えない。

十七歳の時の夜会会場に、いきなり戻ったかのようだ。あそこでイリアは、黎秀に激しい嫌悪感を抱いたけれど、それは一瞬にして彼に惹かれてしまったことを、認めたくなかったからだろう。

「だが……気高い魂は死んでしまった……」

閉じた瞼が、時折ひくっと動く。もしかしたら何か夢を見ているのかもしれない。だが再び目覚めた時には、記憶はすべて失われ、言葉も喋れなくなっている。

「目覚めたら呼んでくれ」

ハザウェイにそう言うと、イリアは広大な研究所の外れにある、自分の居室へと向かった。

「アーロン・ミシュレーか……いい男なのに、なぜか触手が働かない……」

名門貴族の息子だからだろうか。しかも貴族らしく、放蕩でもしていればいいものを、ミシュレー家の人間はいたって真面目だ。恐ろしいのはアーロンのような男がいずれ軍部で力を持てば、反旗を翻すことになると予想出来ることだった。

誰もがこの戦争に賛成しているわけではない。イヴァンが偉大な王として名を残すには、ここで『秦安』を攻略するしかないと思いこんでいるから、仕方なく従っている者も大勢いるだろう。

イヴァンが未だにイリアに未練があるのは分かっている。けれどあの執務室で別れて以来、イリアは個人的にイヴァンと会うことはしなかった。まさかイリアへの愛を証明するために、戦争を推し進めたりはしないだろうと思うが、イヴァンだったらやりかねない。

イリアからの洗脳は、五年を経ても解けていないのだ。その証拠がこの戦局だ。

自由になるためにだろうか、それとも自分の役目としての自覚があるのか、イヴァンはせっせと子作りに励んでいる。だが王子は産まれてまもなく亡くなり、その後は王女しか産まれていなかったので、当分イヴァンは自由になれそうもない。

役目を終えたら、イリアとの関係を復活したいのかもしれないが、イリアには最初からそんな気はなかった。

寝るだけの相手なら、不自由していない。いくらでも男は手に入る。軍の上層部にだってそういう男はいて、イリアの誘いを喜んで受け入れてくれているのだ。

気の毒だがイヴァンには、このままずっと焦れたままでいてもらいたい。そしてその苛立ちをすべて、戦争へと向けて欲しかった。

イリアは自分の居室に入ると、手前の目立たないドアを開く。すると中には鉄格子が填められた、小さな部屋があった。

ベッドと揺り椅子しかない部屋で、土気色の肌をしたベネットが、犬の縫いぐるみを抱いてじっとしていた。その瞳は今は紫ではなく、ルビーのように赤くなっていた。

「母上……今日もまた、再生後の存命記録を更新してますね」

かつてベネットだったものは、返事もしない。マネキンのように身動き一つしなかったが、確かにまだ生きてはいた。

人獣兵士のように過激な動きをしないからか、それとも女性だからなのか、毎日薬液を注射する療法が効いているのか理由ははっきりしないが、ベネットは存命記録を日々更新している。

ベネットには電磁鞭は必要ない。首に巻かれたチョーカーに仕掛けられた電流発生装置が稼働すれば、すぐに反抗を諦める。

　五年が過ぎたが、ベネットは加齢からは逃れられたようだ。白粉で肌色の悪さを隠してしまえば、以前と全く変わらぬ姿に見えた。

「ついに手に入れたんですよ。もうじき目を覚まします……黒髪の皇子がね」

　檻に凭(もた)れながら、イリアは独り言のように呟いた。

「欲しかったのは兄のほうだけど……今となってはどっちでもいいんだ。十七歳の時に、初めて見た時から、欲しかったんだから。それに弟を奪われて、兄のほうも苦しんでると思うと……それだけで嬉しくなってくる」

　何を話し掛けても、ベネットには分からない。それでもたまに着飾らせて、街中の買い物などに同伴する。そうすることで、ベネットの顧客リストの脅威を消さないようにしているのだ。

　それ以外にベネットのすることといったら、こうしてイリアの独り言をただ聞くだけだった。

「そうだ……彼にプレゼントをしよう。まず名前を与える。ハシューでいいでしょう？　そして、ミンデが死ぬまで着けていた首輪をあげよう。あれには綺麗な黒曜石がはめ込まれているんですよ。銀で作った鋲(びょう)と一緒にね……」

　いろいろなものを再生したが、これまでのイリアのお気に入りは、犬のミンデとベネットだった。何より気に入ったのは、再生後には凶暴化するものなのに、イリアの言うことだけは素直に聞いたからだ。

「しっかり躾けたら、ハシューもミンデみたいに忠実なペットになるかな。知的レベルは高いといい。そうしたらいつか……帝を暗殺することにも使える」

羽秀が兄の黎秀に近づき、無言のうちにその命を奪う場面を想像するだけで、イリアの興奮は高まった。自然と手は、股間のものに伸びていく。目を閉じると、横たわっていた羽秀の股間にあったものが思い出され、イリアの体の内奥に疼きが生まれた。

その時、ドアを激しく叩く音がした。イリアは急いでベネットの部屋を出て、入り口の扉に向かう。

「どうしたんだ？」

見るとハザウェイの助手が、額に血を滲ませた哀れな姿で立っていた。

「特別仕様の人獣が目覚めたのですが、電磁鞭での制御が効きません」

「……分かった。すぐに行く」

普通なら電磁鞭の最初の一振りで、すぐに大人しくなる。やはり皇族だけに特別な精神力があるのか、それともハザウェイの新タイプの改造は失敗したのだろうか。

イリアは自分用の電磁鞭を手にする。その柄には、ミンデの首輪に填め込まれたのと同じ、黒曜石が輝いていた。

研究室内は悲惨なことになっていた。様々な器具が床に薙ぎ払われ、欠けたガラスの破片が飛び散っている。革製の分厚いブーツを履いていなかったら、すぐにでも足を傷つけていただろう。

羽秀は鉄の棒を手にして、助手達が振るう電磁鞭を巧みに避けている。その目は赤く輝き、獣のような低い威嚇の声が聞こえた。

「ハザウェイ博士。どういうことだ？」

イリアが現れると、ハザウェイは震える手で羽秀を示す。

「分かりません。覚醒モードに入ったので、お知らせしようとしたら、いきなり起き上がり暴れ出したのです」

助手達は鞭で威嚇しているが、たいした効き目はないようだ。羽秀の動きは素早く、すでに電磁鞭の脅威を学習したのか、見事に攻撃を避けている。

「賢いな。こんな反応をした者は、これまでいたか？」

「いえ、初めてです、少佐」

体の大きな助手が、困惑した様子で言う。

「いいことだ。生前に持っていたものを、失わずに再生されたのかな」

ヒュッとイリアの鞭が音を立てた次の瞬間、鞭の先端が羽秀の腕に当たっていた。あまりにも速い攻撃に、さすがに羽秀も防ぎきれなかったのか、痛みに低く呻いている。

「ハシュー、諦めろ。大人しくすれば鞭は当てない。抵抗するなら、いつまでもこの痛みから逃れられないぞ」

どう脅しても、羽秀はまだ諦めていない。何とか隙を見つけて、ここから逃げだそうとしている。

「ここから出て、どこに行くんだ、ハシュー。ここ以外に、おまえのいる場所はない」

イリアの言葉に、羽秀は一瞬、考え込むような顔をした。それを見てイリアは嬉しくなる。明らかにこれまでの人獣とは違う、知的レベルの高さが証明されたと思ったからだ。

「おいで、ハシュー、さぁ、来るんだ、こっちへ」

犬を手なずけるのと同じだ。ミンデも再生されたばかりの時は、ハザウェイや助手に嚙み付きまくっていたけれど、イリアには決して牙を向けなかったではないか。

「いい子だから……」

一歩、また一歩と羽秀に近づいていくイリアの足下で、パリン、パリンとガラスの破片がさらに細かくなっていく。

もう少しだ。後、少し近づいたら、手錠を填めて動きを封じる。そのつもりで近づいたイリアに、いきなり羽秀は飛びかかってきた。

イリアの手にした鞭がうなる。一瞬で羽秀は頭を抱え、我が身を守るようにして壁際に後退した。

鞭捌(さば)きの鮮やかさに、ハザウェイと助手達はただ感心している。こんな強さを知っているから、彼

らはイリアを研究所所長として敬い、従っているのだ。

最初の頃はハザウェイも、イリアを子供扱いしていたものだ。けれど今は、イリアがいなければこの研究所の存続も危ういと理解していた。

「まだ分からないのか。学習しろ、ハシュー。おまえはこの私のものだ。どこに逃げても無駄だ。その体を維持する薬液は、ここにしかないんだぞっ」

羽秀を追い詰めると、その肩にイリアは思い切り鞭を振り下ろした。すると得も知れない快感が、まるで電磁鞭で打たれたかのように、イリアの全身を襲う。

興奮しすぎで、目眩がしそうだった。性器は固く充血し、このままでは射精してしまうかもしれない。けれど愛しい獲物は、そう簡単にイリアに触れさせてはくれないし、これ以上近づいたら、簡単に人間の首などへし折ってしまえる頑強な腕に摑まってしまう。

「しっかりとその体に刻み込め。主は私だっ！」

さらに鞭を何度も羽秀に当てた。するとハザウェイが、慌ててイリアの前に立ち塞がった。

「少佐、それ以上はいけません。壊してしまいます。これは特別仕様の実験体です。お願いだ、壊さないでくださいっ」

けれどイリアはハザウェイの体をどかし、さらに羽秀に近づいて、じっとその赤い目を睨み据えた。

「私が主だと分からないようなら、壊してしまっていい。崇高な魂なんてものは、この獣にはいらないんだ。なのにいつまで、私に刃向かう」

って倒れた。

再び宙を舞った鞭の先端が、羽秀の胸にクロスの傷を付けた。その衝撃で、ついに羽秀は意識を失
イリアはその手に手錠を填め、ハザウェイに命じる。

「人獣兵を呼べ。ただちに隔離調教室に移動させろ」

激しく動悸がしていた。息が乱れ、イリアは大きく肩を上下させている。こんなに興奮したのは、いつでも冷静なイリアにしては珍しいことだった。

「少佐、お願いです。脳の劣化を抑えるために、この実験体は通常よりデリケートに作られています。あまり強い打撃を与えては、すぐに全機能が停止してしまうでしょう」

ハザウェイはイリアに縋り付いて、必死になって訴える。

「では、どうしてあれだけの鞭打ちに耐えられた？」

イリアはハンカチを取り出し、額の汗を拭う。肉体を鍛錬する時以外に、汗をかいたりするのは滅多にないことだった。

「それは……私にも分かりません。恐らくは……何か精神的な作用なのでしょうか」

「そうかもしれないな……ハシューを吊しておけ」

助手が人獣兵を連れてくる。ほとんど感情と呼べるもののない彼らは、新しい仲間が倒れているのを見てもたいして動揺する様子もなく、二人がかりで羽秀を抱えて運び始めた。

「博士……今から調教に入る。誰も入れるな」

「……少佐の調教に、耐えられるとは思えません」

まだ未練ありげに、ハザウェイは羽秀の身を心配している。それは傷ついた人間に対する優しさではなく、大切な実験材料を守りたい科学者の顔だった。

「安心しろ。電気は流さない……普通の人間を調教するようにやってやるから」

イリアは軍服の上着を脱ぎ、シャツ一枚になった。

離宮を出てから、すっかり逞しくなったと思う。女のように愛らしいとは、もう誰にも言われなくなった。

今では誰もがイリアを恐れているように思える。こんな人道に外れたことを平然と行い、しかも逆らう者達を裏で粛正しているからだ。

それでいい。恐れられてこそ、最高権力者らしくなれるというものだ。

鞭を手に隔離調教室へと向かう。そこは再生したばかりで調教の難しい人獣を、特別に早期調教するための部屋だった。

たいがいの人獣は、電磁鞭の痛みから逃れるために、あっさりと服従してしまう。不思議なことに、銃撃や刃物の裂傷の痛みには強いのに、電磁鞭だけは極度に嫌うのだ。

ハザウェイは、完璧な怪物を創り上げるのを躊躇したのだろう。自分達で制御出来なければ、兵器として有効利用することも出来ない。

けれど羽秀に対しては、電磁鞭はたいした効果は見込めないようだ。それでもイリアは、羽秀を従わせないといけない。

　自分のものにするために。

　隔離調教室の天井からは、太い鎖が吊されている。そこに手錠が挟み込まれ、全裸の羽秀は床に膝(ひざ)を付くような姿勢でぶら下げられていた。

　胸にはクロスの蚯蚓腫れが走り、腕や背中にも傷があるというのに、変わらず羽秀は美しい。イリアはうっとりとその姿を眺めながら、羽秀の周りをゆっくりと歩いた。

「そろそろ気が付くだろう……」

　その声に反応したのか、羽秀の瞼がびくっと震えて、いきなり目が開く。そして赤い瞳が、イリアの姿を確認していた。

「自分が何者なのか、分からずに混乱しているんだろ？　だったら教えてやる。おまえの名はハシュー、このイリア・オードマンの所有物だ」

　正確には、国家の資産である人獣兵器と呼ぶべきだろうか。けれどイリアは、羽秀を国家に差し出すつもりなんて微塵(みじん)もなかった。

「おまえは人工的に生み出されたものだ。分かるか？　私のために創られたんだ」

　羽秀はぎりぎりと奥歯を噛みしめている。どうやったら自由になるのか、思いつかずに苦しんでいるようだ。こんな状況になっても、まだ逃げ出すつもりなのだろう。

「いいか、逃げても無駄だ。特殊な薬液がなければ、三日と生きていられない。おまえは生きているんじゃない。生かされているんだ」

　だが羽秀は、必死になって手錠を外そうと足掻く。その背中に、イリアはまたもや鞭を振り下ろした。

「おかしなプライドだけは残っているんだな。だから苦しむ……。そんなものは、消してしまえっ」

　さらに激しく、またもや羽秀を打った。

　皮膚が裂け、黒っぽい血が滲み、羽秀の美しい体を汚していく。けれど特殊な薬液が入った肉体は、普通の人間より早く回復する。羽秀の傷も、五日もすれば癒える筈だ。

「おまえはただの獣だ。けれど他の獣と違って、少しは賢い。私を敬い……愛することを学べるほどには賢い筈だ」

　イリアは羽秀に近づき、胸の傷に爪をかける。この程度の痛みは人獣なら何ともない筈なのに、羽秀は身を捩って嫌悪感を示した。

「痛みというのは、体が勝手に記憶しているだけだ。おまえの体は、この程度では何も感じない」

　イリアは自分の手が血に汚れるのも厭わず、羽秀の傷を掻きむしる。羽秀の血が、真っ白なイリアのシャツを汚していった。

「いい子だから……私に従え……」

　汚れた手で、イリアは羽秀のものを摑んだ。すると羽秀は、獣のような呻き声を上げる。

「これも記憶にあるのか？　どんな記憶が染みついてる？　快感かな？」

やんわりと握っていた手に、イリアは少しずつ力を加えた。すると驚いたことに、羽秀のものは素直に興奮していく。

「楽しんでいたんだな……体が覚えてる。誰と楽しんだ？　恋人はいたのか？」

ふとイリアは、見たこともない羽秀の恋人に、嫉妬している自分に気付いた。美しい少女だったのだろうか。それとも年上の美女、もしかしたら美しい青年だったかもしれない。その相手と羽秀は抱き合っていたのだ。

「こんなものを……どこに入れて楽しんだ？」

血でぬめった手で、イリアは羽秀のものをこすり続ける。すると羽秀はまたもや体を揺すって、イリアの手から逃れようと足掻いた。

「逃げなくていい……気持ちよくしてやるから」

獣のように羽秀は吠える。それは拒絶の叫びなのだろう。けれど自由にならない体をイリアが抱き寄せ、再びそこに刺激を与えると、もうどうすることも出来なくなっていた。

「血で汚れた……綺麗にしてやろう」

突然、イリアは羽秀から離れると、高圧のホースを手にする。そして温水を羽秀の体に勢いよく掛け始めた。

「熱湯にすることも出来るし、冷水にすることも出来る。なのに私は優しいだろ。ほどよい温度だ」

飛沫が飛んで、イリアのシャツもびしょびしょになり、体にぴたっと張り付いてしまう。なのにまるで子供のように、イリアは羽秀の体に水を浴びせて笑っていた。

「どうだ、傷にしみるか？　だけど気持ちいいだろう。特にここには」

まだ興奮が収まらず、屹立したままの羽秀のものを狙って、イリアは水圧でいたぶった。

そうしているうちに、イリアはホースを床に投げ、自らも服を脱ぎ始める。

まるで媚薬で酔ったかのようだ。イリア自身興奮してしまって、もう自分を制御することも出来ない有様だ。

羽秀のものが欲しくてたまらない。これほどまでに力強く、充実した性器を見たのは久しぶりだ。見ているうちにイリアの理性は吹き飛び、いつしか同じように獣となっていた。

「美しい獣……私を犯してくれ」

イリアは羽秀の前に跪き、そのものを口に咥える。それだけで射精してしまいそうな快感が、イリアの全身を襲った。

羽秀もついに抵抗を諦めた。イリアの巧みな舌技に、過去にされたことを思い出したのだろうか。これが決して命を奪われるような危険な行為ではないと、どうやら分かったようだ。

「ああ……素晴らしい。何て……力強い」

肉体を快復させる力も素晴らしいが、どうやらあの薬液は、この部分の力まで強化してくれたようだ。それとも生まれつき、羽秀のものは素晴らしいのかもしれないと、イリアは何度も舌なめずりしながら、羽秀のものをたっぷりと唾液で濡らしていく。

「愛してるとか……おまえのためなら何でもするとか……嘘ばかり言う男に比べて静かなのがいいな。滅多に吠えない犬のようだ、お利口だよ、ハシュー」

褒められた意味が分かるのだろうか。羽秀の体から自然と力が抜けていく。

イリアは再び羽秀の側を離れると、隅からデスクに付随した椅子を一客持ってくる。簡素なものだが造りは頑丈で、それを羽秀の目の前に置き、それから鎖を少し下げた。

「まだ両手を自由にしてやることは出来ないが、それでも楽しめるぞ、ハシュー」

イリアは軽く椅子に腰掛けると、羽秀の体を自分のほうに引き寄せる。そして巧みに羽秀の屹立した性器を、自分のその部分に押し当てた。

「ほら……こうすれば簡単さ」

イリアは羽秀に抱き付き、その部分に入れ易いよう少しずつ体をずらしていく。先端が見事に埋まると、羽秀は忘れていない本能のまま、自ら腰を突き出して挿入してきた。

「あ、ああ、そうだよ。いい子だ、出来るじゃないか」

欲望に追われ、羽秀は残っていた理性を吹き飛ばしたのだろう。上手く入ったと思ったら、そのまま激しく動かし始めた。

イリアは鞭を羽秀の体に回し、手綱のようにしてしっかり握り、体が落ちないようにする。

得も言われぬ陶酔が、イリアを支配した。

秦安王朝の皇子をついに手に入れた。そして今、その皇子と交わっている。

「ああ……素晴らしい……何て、固くて……充実してるんだ。最高だよ、ハシュー」

目を閉じたイリアの脳内では、羽秀の姿が正装した黎秀と重なっていた。

夜会の席に颯爽と現れた、緋色の異国の正装を身に纏っていたのは、この男ではなかったのか。生まれてから一度も恋などしたことのないイリアに、強烈な印象を残してくれたのに、近くにいたイリアを一瞥もしてくれなかった。

もし一言でも、社交的に声を掛けてくれていたなら、こんな歪んだ欲望を『秦安』の皇族相手に抱かなかったかもしれない。

あの時は、この複雑な感情が恋だなんて気が付きもしなかった。そもそもイリアは、セックスは知っていても恋なんてしたことがなかったからだ。

ただ憎かった。異国の皇族だから、憎くてたまらないのだと思っていた。

だが事実は違う。手に入らない男に恋をした自分自身が、イリアは憎かったのだ。

「ああ、たまらない。この強さは何だっ」

若い羽秀の攻撃は、力任せで荒々しい。興奮状態が続いているというのに、すぐに果てるということはなく、執ようにイリアの体をえぐるように犯し続けた。

「ああ……あっ……ああ、いいよ、ハシュー、お利口だな。たまらないよ、ハシュー、ああ」

握っている鞭を、思わず取り落としてしまいそうだ。全身が蕩けてしまいそうで、イリアは何とか理性を保とうとしたが無駄だった。

イリアは自分が椅子から転げ落ちないよう、ついに鞭を自分の体にも巻き付けて、二人の体が離れないように結びつけた。

そんなことをしてまで、羽秀と繫がっていたい自分がおかしくて、イリアは笑い出す。快感に突き動かされながらの笑いは、時折掠れておかしな感じだった。

「ハシュー、楽しいか……。ずっとこんなことをしたかったら、いいか……私に逆らうな」

羽秀は何も答えない。イリアもそれ以上話し掛ける力はなかった。

ただ荒い息の音だけが、コンクリートの壁が剝き出しの閉ざされた室内に響く。高圧ホースから流れ出た湯は、誰も止める者がいないから、今はただ壁の一部を洗い続けていた。

時折、羽秀を吊した鎖がカチャカチャと鳴る。それに合わせるかのように、イリアの呻き声が漏れた。ついにたまらなくなったイリアは、先に果ててしまったのだ。

それでもまだ羽秀は動き続ける。どこで自分を自由にしてやったらいいのか、羽秀は忘れてしまったのかもしれない。

「ああ……あっ、ああ……」

イリアの口から、甘いすすり泣きが漏れ始める。終わらない快感に、イリアは我を忘れて酔い痴れていた。

三日で手錠は外せた。思ってもいなかった従順さを、羽秀が示すようになったからだ。もしかしたら体を繋げ合ったことで、羽秀の中でイリアが特別な存在だという認識が育ったのかもしれない。

イリアは羽秀を人前に出す時のために、簡素な木綿の服を用意してやり、その逞しい首に黒曜石で飾られた首輪をしてやった。

銀で出来た鋲の部分は丸く削った。そうしないと、抱き合うときにイリアが自分の体を傷つけてしまうからだ。

「もう私が主人だと学習したみたいだな。学習能力は高い。いいことだ」

手錠を外され、自由になったというのに、羽秀はもう逃げる素振りは見せない。毎日定期的に輸血されることで、自分が生きているのだと悟ったようだ。今日は注射される時、大人しく腕を差し出すようになった。

特殊な薬液が体内で安定すれば、毎日注射をしなくても、すぐに再び死ぬことはないが、少量ずつでも毎日与えるほうが延命効果があるようだ。それはベネットで証明されていた。

「一時はどうなるかと思いました。少佐の力で、破壊されるのかと思って心配しておりましたが」

ハザウェイは全身に鞭の傷跡を持った羽秀の様子を、それでもまだ心配そうに見ている。

「安心しろ。壊すほど打ってはいない。これは……ハシューにとっても楽しみなんだ。そうだろ、ハシュー？」

　質問されても、羽秀が答えるわけではない。黙ってイリアのことをじっと見つめているだけだ。

　羽秀の遺体が奪われたことは、すでに秦安軍も気付いているだろう。黎秀が弟を奪われたことで心をかき乱されていると思うと、それだけでもイリアはかなり満足していた。

　もう黎秀はいらない。代わりに手に入れた羽秀は、十分に魅力的だ。そして何より、イリアに忠実だった。

　羽秀に対する薬液の注射が終わると、イリアはバスローブ姿のまま、朝食の席に着く。そして自分の横に、羽秀を座らせた。

「これからは、毎日、私と一緒に食事をするように。意味が分かるか？」

　もうハザウェイも退室した。部屋で二人きりなのに、羽秀は手錠を外している。暴れ出したら危険なのは分かっていたが、イリアは羽秀を信じていた。

「私はいつも命を狙われている。この国には、まだ人獣のことを認めたくない連中がいるんだ。やつらは……私を殺すことですべてが解決すると思っている。食事に毒が仕込まれている可能性もある。もし、おかしいと感じたらすぐに吐き出せ」

　皿を一つ置き、そこに自分のために用意されたオムレツとソーセージを、半分に分けて置いた。さらにパンを脇に置くと、イリアは羽秀の手にフォークを持たせた。

「テーブルマナーは忘れたか？　まさか犬のように、皿から直接食べるようなことはしないだろ？」

この三日間は、流動食しか与えていない。初めてのまともな食事だった。

人獣になったばかりだと、人間だった頃の記憶がないから、まともに食事が出来ないものがほとんどだ。羽秀もそうなのかと思って見ていると、器用にフォークを使って食事を開始した。

コップにオレンジジュースを入れてやると、それも優雅な姿で飲み干す。

「完璧だ……お利口だな」

イリアは頷くと、自分も食べ始める。羽秀のために、これからは食事の量も増やす必要があるだろう。

「何もかも分け合うんだ。分かるか？」

パンを半分に割って、さらに羽秀の皿に載せてやった。すると羽秀は、どこか嬉しそうな様子で食べ始める。

「たかがパンなのに嬉しいのか……ミンデもそうだったな……よく、私の手からパンを貰いたがった」

再生されてからも、それは変わらなかったことを思い出したイリアは、これまで自分が寝た男のことを思い出すより、ミンデのことを思い出すことのほうがはるかに多いことに気が付いた。

「皮肉だな……犬以上に、私に忠誠を尽くしてくれたものはいない。もしハシューが、私を忠実に守り抜いたら……犬以上だと褒めてやろう」

食事が終わると、イリアは紅茶をカップに入れる。それをハシューに差し出すと、最初は熱いのかなかなか飲もうとしない。

「そうか、熱いものは苦手か……そんなところまで犬みたいだ」

イリアは笑う。たいしておかしいようなことでもないのに、羽秀を見ているだけで気分は高揚していた。

冷めた紅茶を、羽秀は口にする。一瞬、その顔に何かを思い出したような表情が浮かんだ。

「『秦安』の茶だ。この国では、おいしい茶の葉は産出しない。ほとんど輸入に頼っている。そうだ、我が国はそれほど資源が豊かではないんだ。贅沢品であるシルクや宝石、良質な毛皮や嗜好品は輸入品がほとんどだ。だから……あの国が欲しい」

別に返事が欲しいわけではない。ベネットにもするように、ただこうして話し掛けていたいだけだ。羽秀がちゃんと応えてくれたらと思わないこともないが、そうなったらこの気高い皇族という生き物は、イリアだけに忠実ではいないだろう。

「おまえはあの傲岸な兄の帝とは違う。私だけに忠実な皇子だ」

兄のことも、国のことも羽秀は忘れたようだ。そのことを口にしても、表情一つ変えることはなかった。

「シャワーを浴びる。おまえもおいで。犬よりは臭くないのは助かるが、やはり清潔にしておくことが大切だ」

イリアはバスルームへと羽秀を誘う。すると言われてもいないのに、羽秀は自ら着ているものを脱ぎ出した。

「いい傾向だ。日常のことは忘れていない」

バスタブに湯を満たし、石鹸を泡立てた。その中に入ったイリアは、羽秀にも入るように促す。すると羽秀は、明らかに戸惑った様子を示した。

「そうだったな。『秦安』では蒸し風呂に入って、最後に綺麗な湯で体を清めるのだったか？　こんな入浴に慣れてないいんだろう」

手を引いて無理に入らせた。そしてイリアは、自ら海綿を手にして羽秀の体を洗い出した。

こんなイリアの姿を見た者など、ほとんどいないだろう。いるとしたら、かつてイヴァンと一緒に離宮で暮らしていた頃、イヴァンの世話をしていたイリアの姿を盗み見た者だけだ。

イヴァンの関心を惹くためなら、あの頃は何でもやった。侍従すら近づけないで、何もかもやってみせたのだ。そのことでイリアは、卑屈に感じたことは一度もない。何しろ相手は皇太子だったのだ。

「おまえも……国にいたら皇子のままだっただろうに」

『秦安』の皇帝は、政治の駆け引きに結婚を利用しない。だから好みの美女を后に迎えるのが普通だ。その結果、皇族は皆、美男美女揃いになっていく。

「見れば見るほど、美しい男だ……」

腕を取り、丁寧に洗ってやりながらイリアは囁く。

ここでどんなに恥ずかしいことを口にしても、誰の耳に届く心配もない。

「帝より……美しいかもしれない」

　イリアは石鹸の泡で汚れた手で、羽秀の頬に触れる。そのまま手を、首筋から胸へと下ろしていった。

「今度は、おまえが私を洗うんだ。出来るだろ？」

　羽秀の手に海綿を握らせる。すると羽秀は、またもや教えられたわけでもないのに、イリアの体を優しく洗い始めた。

「ミンデより役に立つな。さすがにミンデも、ここまではやってくれなかった」

　けれども羽秀の顔には、何の表情もない。皇子ともあろうものがこんなことをさせられて、悔しいと思っているかもしれないのに、それすら感じられなかった。

「罵倒よりは沈黙のほうがいい。そうだろ？」

　黙って洗い続ける羽秀に、思わずイリアは抱き付いていた。

「記憶なんて戻らなくていいんだ。このままずっと……私のことだけ見ていればいい」

　出来るだけ羽秀を一人にしておきたくない。今の知的レベルだったら、すぐにでも記憶が蘇ってしまいそうで不安だった。

「いいか、私の命令は絶対だ。何があっても刃向かうな」

　意味が分かっているのだろうか。羽秀は答えることはしなかったが、少しだけ首を下げたように感じた。もしかしたら頷いたつもりなのかもしれない。

「そして私を守れ。それがおまえの……生きている意味だ」

敵国の皇子に、自分の身を守らせる。それだけでもイリアにとっては心躍ることだったが、羽秀の魅力がさらに倍加させていた。

ここ何年か忘れていた幸福感を味わったイリアは、立ち上がりながら優しい声で羽秀に言った。

「泡を流そう。今日から執務室に連れて行く。一日、私と一緒にいるんだ」

羽秀はすぐに立ち上がり、シャワーの下に向かう。その姿は自然で、記憶を無くしているとはとても思えない。

だが記憶が蘇っているのなら、イリアを憎む筈だ。今しているのは、体が覚えていることを忠実に再現しているに過ぎないだろう。

何も思い出すなと、イリアは願う。せっかく手に入れた最上の男を、そう簡単には手放したくなかったのだ。

着替えて執務室に向かおうとしたら、ベネットの部屋でちょっとした騒ぎになっていた。

ベネットは注射されるのが嫌いだ。だからハザウェイの助手は、いつも苦労させられる。最近ではベネットをじっとさせておくために、人獣を伴ってくることが多かった。

今日もそうしたのだろう。ところがその人獣が、何を思ったのかベネットの上に馬乗りになっていて、背中に電磁鞭を当てられても降りようとしなかった。

「何を騒いでいる？」

イリアに見つけられて、助手は慌てた。

「も、申し訳ありませんっ、こ、こいつが、その……」

人獣がしようとしていることは分かる。ベネットを見て発情したのだ。

イリアは助手から電磁鞭を受け取り、思い切り強く背中に振り下ろす。けれど欲望で見境がつかなくなったのか、人獣は怯む様子もなかった。

「ハシュー、こいつを引き離せ」

イリアが命じると、羽秀は人獣の背後から近づき羽交い締めにし、驚異的な力で引き離した。

すると粗末なズボンの間から、人獣の屹立したものが覗いていた。

「これが初めてか？」

質問されて、助手は消え入りそうな声で答えた。

「た、たまに、同じようなことをしたものもおりましたが、電磁鞭でたいがい言うことを聞いたものですから」

「今度からは、マダム・ベネットの注射は、このハシューに手伝わせる。いいな」

「は、はい。申し訳ありません」

イリアに睨まれて、助手は恐縮している。ベネットは人形のように、床に転がっていた。

「今のうちに、さっさと注射しろ」

うんざりしながらイリアは命じる。

もし今回のことが上手くいってしまったら、ベネットは自分が過去に何をしていたのか思い出すだろうか。そうなってからベネットが男を欲しがるようになったら、大変なことになりそうだ。

「発情した、雌猫の姿なんて見たくない。ハシュー、そいつを中庭に引き出せ。そして処刑しろ。一度味を占めると、また襲うかもしれない。そいつは危険だ」

学習したことだけは、何度でも反復するのが人獣だ。この人獣は、ここに牝(めす)がいることを知った。そして電磁鞭も恐れずに、犯そうとしたのだ。また同じことを、何度でも試みるだろう。それが人獣というものだった。

「みんながおまえのように、理知的だといいのにな」

暴れる人獣を、羽交い締めにしたまま運ぶ羽秀に付いていきながら、イリアは思わず愚痴っぽいことを言ってしまった。

愚かな人獣には、がっかりさせられる。まさに獣同然になってしまって、時々扱いに苦慮した。もしかしたら人獣になったほとんどが、一般の兵士だったからいけないのかもしれない。

同じように人獣となっても、羽秀はやはりどこか違う。

「魂か……そんなものがあればの話だが」

イリアは鞭を手に、羽秀の後ろから付いて歩く。

羽秀が、何も悩まずに捕らえた人獣を始末したらどうだろう。それは同胞を忘れ、イリアに忠誠を示す証拠だ。

ついに中庭まで、羽秀は人獣を引き出した。そして羽交い締めにしていた腕を解く。途端に人獣は、羽秀に襲いかかった。

やはりこの人獣も、綺麗に過去を忘れている。自分が飛びかかった相手が、かつては自国の皇子だったことなど、すべて忘れてしまっているのだ。

ふとイリアは、羽秀が楽しんでいるように感じた。自分が他の人獣に比べても、優れていることを羽秀は知っているかのようだ。

闇雲に攻撃してくる人獣を巧みにかわし、余裕を持って戦っている。そして時折、自分の能力の限界を、確かめているような動作が見えた。

「楽しんでるのか……だが、助けようとはしない」

慈悲の心はないようだ。まるで猫が鼠をいたぶるように、自分より戦闘能力の劣る人獣を、羽秀は巧みに追い詰めていく。

「遠慮するな、ハシュー。そいつは、私の大切な人形を壊そうとしたんだ。遊んでないでさっさと始末しろ」

命じられた途端に、羽秀の動きは速くなった。そして人獣をしっかり押さえ込むと、何ら迷うことなく、その首をへし折った。

「そうだ……それでいい……よくやった、ハシュー」

イリアは羽秀に近づくと、その唇にキスをする。そして髪を優しく撫でてやった。

首を折られても、まだ完全に死んではいない人獣を、羽秀は黙って見下ろしている。

「魂が無くなったことを感謝するといい。心はもう痛まないだろ？」

羽秀の首輪に引き綱を付けると、そのままイリアは執務室に向かって歩き始める。ハザウェイにいっそ大学でも襲って、知能の高い人間を集めたらどうだと提案しようかと、イリアは考えていた。

建国二〇一一年

アーロンの中で、軍部への忠誠心は大きく変わっていた。

この戦争にどんな意味があるというのだろう。『秦安』とて巨大な国家だ。むざむざやられているばかりではない。『ミラン』の三倍はある国土から供給される豊富な資源と、『ミラン』よりはるかに多い兵力で、本気になって立ち向かってきたのだ。そうなると僅かに科学力で優れていたところで、絶対的優位に立てるものでもなかった。

戦況は泥沼化している。初めは国境付近だけで繰り広げられていた戦いだったが、今は『ミラン』国内にも侵攻が始まっていた。

「アーロン、窶れたな」

久しぶりに実家の伯爵家を訪れたアーロンは、兄のレノンに抱きしめられた。

「兄上はお元気そうで」

同じように兄を抱きしめた後で、アーロンは家の中の様子が変わっていることに驚いた。

以前は、代々伝えられていた絵画や、古の甲冑や剣などがホールに飾られていた。それがなくなっている。

「どうしたんです？」

アーロンの戸惑いに気が付いたレノンは、力なく笑った。

「国外に逃亡する。別れを言いたくて、今日、呼んだのだ」

「逃亡……なぜです」

「議会でも、貴族院の発言はすべて封じられた。もう貴族院には、何の力もない。軍部も上層部は入れ替わり、反戦の意志を持つものは、なぜか殺されている」

国境付近で情報収集活動に追われていたアーロンには、議会で何が起こっているかまでは分からなかった。今初めて知らされた事実に、アーロンは愕然とした。

「アーロン、外に出よう」

レノンはアーロンの手を引き、幼い頃、小さなボートを浮かべて仲良く遊んでいた、邸内の池に誘った。

「資産の一部を、私は反戦組織に寄付した」

池の側にある綺麗な四阿に辿り着くと、レノンは声を潜めて囁いた。

「……兄上……」

「私は逃げる。戦う勇気もないし、戦うための知恵も力もない。ミシュレー家を存続させることが、私の義務でもあるし……だが、アーロン……お前なら……」

アーロンと同じ鳶色の瞳が、じっと見つめている。その目が訴えようとしていることを、アーロンもすぐに悟った。

「私に、兄上の意志を継げとおっしゃりたいのですか」

「そうだ……アーロン、秦安の情報を手に入れるのが、今のお前の役目なのだろう？」

「失態の責任を取らされているのですが」

「情報を手に入れる代わりに、こちらの情報も相手に売ったらどうだ？」

「……」

池には睡蓮が小さな花を咲かせていた。その横を水鳥が、優雅に泳いでいる。

昔とどこも変わらない、平和な風景を見ながら、兄はとんでもないことを口にする。

国を裏切れと言っているのだ。

「特殊化学研究班のことを、知りたがっている『秦安』の男がいる。彼に接触してみないか？」

「なぜ……私に？」

「アーロン、あんな人とも獣ともつかぬものを作り出す軍の下で働くことを、ミシュレー家の人間として、恥ずかしくはないか」

「それは感じていますが」

「兵士の補給に困ることはないし、最前線で戦う死なない兵士の強さを、軍部はやたら力説するが、その兵士を創り出すのに、いくらかかっているかまで公表しない」

レノンは使用人が、荷物を車に運び出す様子に目を向ける。アーロンも同じように見つめ、見覚えのある大きな旅行用バッグが、次々と運び出されていくことに悲しみを覚えた。

「国庫は逼迫している。こんな戦争は、ただちに止めるべきだ。そのためには……アーロン、特殊化学研究班を潰すべきだと私は思う」

そんな発言を誰かに聞かれたら、レノンの命も危ない。アーロンは思わず、周囲に警戒の視線を向けてしまった。

「これからはモロー侯爵と、連絡を取れ」

レノンは早口にその名前を言った。

「侯爵が、レジスタンスを助けている。この国の中にも、戦争に反対している人間は大勢いるんだ」

「どこに行けば、その『秦安』の男に会えるんですか？」

「首都ガラシアの外れにある、元アボイ男爵の邸がホテルになっている。そこの303号室だ。安心していい、アボイ男爵も我々の仲間だから」

アーロンの知らないところで、話は進んでいたようだ。

レノンはアーロンなら受け入れると信じて、何もかも隠さずに話してくれたのだろう。

反対する理由は何もない。アーロンも同じ思いだったからだ。

このままでは自国の歴史にすら泥を塗ることになる。

イリアを失墜させることが停戦の早道となるというのなら、アーロンに異存はなかった。

『秦安』から来た男は、すでにホテルに宿泊しているという。

アーロンは部下も連れず、車も使わずにバイクで一人ホテルに向かった。

元は男爵家だった家だ。どこにもホテルといった看板は出されていない。アボイ男爵はレジスタンスのために、あえて自宅を提供したのだろうか。

バイクを邸の駐車場に駐めると、アーロンは銃のホルスターの留め金を外し、いつでも取り出せるようにして、表玄関に向かった。

けれどかつての貴族邸のように、玄関を広く開いてゲストを迎えるようなことはしておらず、脇にある使用人用の小さな通用口だけが開いているといった状態だ。

用心して中に入る。貴族の屋敷らしく、入り口のホールは広い。だが閑散としていた。天井から下げられていただろうシャンデリアは取り払われ、甲冑や石像などの飾り物もなかった。

「恐れ入りますが、お名前を……」

音もさせずに近づいてきた初老の男が、いきなり声を掛けてきたので、アーロンは驚いて振り向いた。

「303号室だ……」

名乗るのは危険だと思い、それだけを告げる。すると男は、慇懃に頭を下げた。

「お連れ様は、もういらしております」

男の手は、螺旋階段を示す。アーロンは頷くと、螺旋階段に向かった。

「朝食がご入用でしたら、ドアノブに札をどうぞ。シャワーは一日中使えますので」

それだけ言うと、男はすぐに姿を消してしまった。

アーロンは銃を取り出し、３０３号室の前に立つ。そしてノックした。

これは罠ではないのか。

レノンが嵌められたのだとしたら、自分の身も危ない。

「どうぞ……」

中から聞こえてきたのは、若い男の声だった。

ドアに鍵は掛かっていない。アーロンは用心しながら開き、中の様子を確認する。

昔はゲストルームとして使っていた部屋だろう。古いアイアンベッドと、僅かな家具があるだけの狭い部屋だ。

カーテンが引かれているせいで、中は薄暗い。

小さな食事用のテーブルには、二客の椅子がセットされていて、その一つに黒髪の男が座っていた。

「失礼」

アーロンはそれだけ言って中に入ると、バスルームとクロゼットに人が隠れていないか、まず確認した。

「誰もいませんよ。私、一人です」

涼やかな声がしたので、アーロンは改めて男を見つめた。

男は『秦安』の人間ということだが、着ている服はミランの若者のものだ。しかも瞳が紫なので、ミランの人間のようにも見える。

実際に国境付近の地域では、二国間の混血による、どちらの国ともいえない容貌の人間も多くいた。

「秦安軍の医療班に所属していた、軍医の李瑛蓮です」

瑛蓮は名乗ると、瞳からコンタクトレンズを外した。するとそこに現れたのは、明らかに『秦安』の人間らしい、美しい漆黒の瞳だった。

「軍医か……それで、何が知りたい？」

瑛蓮の前の椅子に座ったアーロンは、まだ用心しながら、瑛蓮を観察した。

想像していたようなスパイとは違う。

瑛蓮はあまりにも美しい。

『秦安』は色仕掛けでも使えるような男を、あえてスパイにしたのかと疑ってしまうくらいだ。

「特殊化学研究班のことを……あなたはお詳しいと、ある方から訊きました」

「俺が誰か、知ってるのか？」

「知りません。ただ特殊化学研究班のことに詳しい人物を紹介するから、ここで待つように言われたのです」

瑛蓮はレジスタンスを支持するモロー侯爵一派と、どこかでコンタクトを取ったということなのだろう。

だがどこまでが事実なのか、アーロンも信用は出来ない。

「こちらが情報を提供したら、見返りは？」

「目的は同じだと思ったのですが」

淡々と話す瑛蓮の表情からは、何を考えているのかよく分からない。

美しいだけに、余計に謎めいている。

それがあろうことか、アーロンの心の琴線に触れてしまった。

この男の謎に迫りたい。

若くて美しく、しかも医者だというなら、本国にいても安穏と暮らせるだろう。なのになぜ、スパイのような危険なことをしているのか。

「俺も同じように、そちら側の情報を探っている。誤解しないで欲しいが、それは本心からやっていることではなく、今の地位にいるために必要な役目というやつだ」

「それは分かります。でしたらこちらも、最低限の情報は伝えます」

「誰にでも手に入る程度の情報では駄目だ。そっちがどれだけ、特殊化学研究班のやっていることを把握し、対抗策を練っているのか知りたい」

「けれどそれをすべて教えてしまったら、こちら側の戦局が不利になります……」

やはりどこまで信用していいのか分からない。

『秦安』のスパイと見せかけて、イリアがレジスタンスに対抗するために仕組んだ罠の可能性も考えられる。

「帝に雇われたのか？」

こんな綺麗な男なら、帝の愛人だと言われても納得してしまう。『秦安』の帝には、『ミラン』の王のように男を愛人とする趣味はないのだろうか。

「答える必要のない質問です」

冷たく言われて、アーロンはむっとした。

普段はその程度のことで、腹を立てるような男ではないのに、なぜか心を乱している。そうさせるのは、瑛蓮の何ともしれない不思議な雰囲気のせいだ。

神は瑛蓮に、類い希な美しさを与えた。そして医者になれるほどの聡明さも与えたのだろう。

なのに瑛蓮は、神に祝福されてはいない。

その表情は凍り付き、どこか絶望しているようにも見える。

戦争がそうさせているのか。

だったらアーロンにも、その気持ちはよく分かる。

アーロンも健康で素晴らしい肉体と、男らしい外見を神に与えられた。しかも名家の出で、士官学校では優れた成績を残している。

けれど、神に祝福されているとはちっとも感じられない。

士官学校時代には、恋の真似事のようなものもしてきた。だが楽しかったのはほんの僅かの間だけで、軍に入ってからは何の楽しみもない、禁欲的な生活を強いられている。

いつ死ぬか分からない身では、そんな私的感情に溺れることは許されないのだろう。それは分かっているが、やはり時々、虚しさを覚える。

心がどんどん空っぽになっていくようだ。

空洞を埋めるためには、職務に励めと言われても、軍に対する不信感でいっぱいなこの状況では不可能だ。

反戦のために戦う。

それが今のアーロンにとって、もっとも相応しいことだというのだけははっきりしている。

「どうやって君を信じる？『ミラン』の二重スパイかもしれないのに」

「……秦安の文字は、お読みになれますか？」

「一応は」

「ではこれを」

瑛蓮は上着の内ポケットから、革表紙の手帳を取り出した。そして表紙をナイフで切り開くと、中から一通の書状を取り出した。

「『秦安』の帝の書名と捺印があります。私は、ミランの特殊化学研究班を潰すためになら、どんな手段も講じられる特権を、帝によって与えられました。これはそれを証明するための書状です」

確かに書状には帝の書名と印があり、李瑛蓮に対しては、帝と同等の命令服従を命じると書かれてあった。

「何で君なんだ？　見たところ、かなり若く見えるが」

「あなたが与えてくれる情報によっては、真実をお話しします」

淡々と話す瑛蓮の顔から、アーロンはもう目を離せない。

どうしてこれだけの特権を王から与えられたのか、やはり知りたくなってくる。

それだけではない。アーロンは瑛蓮のすべてを知りたくなってきた。

「そんな書状を見せられても、まだ信用しきれない。すまないが、殺意がないというなら、着ているものをすべて脱ぎ捨てて、何も隠していないというのを示してくれ」

「……」

ありふれた服の下には、どんな肉体が隠されているのだろう。

アーロンは期待して待った。

瑛蓮は立ち上がり、ゆっくりと服を脱いでいく。戸惑う様子はない。脱げと命じられたら脱ぐように、覚悟は出来ているのだろう。

美しいのは顔立ちだけではなかった。すらりと細い肢体は引き締まり、かなり鍛えられているのが分かる。そして胸と肩、足には弾痕（だんこん）による傷跡があって、これまで戦ってきたことを示していた。

「その傷は……」

「……いずれお話しします。武器はこの体には隠していません。納得していただけましたか？」

「いや、まだだ……男にも、いろいろと隠せる場所はあるんでね」

アーロンは立ち上がると、瑛蓮の背後に回った。そして革の手袋をしたままの手で、髪に触れる。

艶々とした美しい髪だった。けれどそんな髪の中に、毒針を隠すことだって可能だ。

「何も隠している様子はないな……」

続けてアーロンは、前に回って瑛蓮の顎を捉えて命じた。

「口を開け……」

瑛蓮は口を開く。形のいい唇が開くと、真っ白な美しい歯が覗いた。口中には何も隠されている様子はなかったが、あえてアーロンは指を突っ込む。

すると瑛蓮は、思わず目を閉じた。

そんな顔を見てしまったのがいけない。

アーロンの中に、ずっと隠されていた欲望が目覚めてしまったのだ。

舌を持ち上げ、喉奥まで指先で確認する。すると瑛蓮は、うっと呻いて吐き気を堪えていた。

「ここもなしか……後は」

瑛蓮の唾液で濡れた手袋をしたまま、アーロンは再び背後に回る。そして後ろの穴の部分に、ゆっくりと中指を挿入していった。

「うっ……」

瑛蓮の体が小刻みに震える。

アーロンは中指の付け根までしっかりと挿入すると、中をかき回し始めた。

「うっ、ううっ……そこは……あっ……」

残酷にもアーロンの指は、瑛蓮の体の奥にある秘密の場所に辿り着き、欲望のスイッチをいれようと動き出す。

「も、もういいでしょう？　この体には、何も……隠していない」

「どうかな……」

「あっ……」

瑛蓮の体は、素直に反応を示していた。

項垂れていたものが、頭を凭げ出す。その様子を見ているだけで、アーロンもまた興奮していくのを抑えられなくなっていた。

「情報を手に入れるためなら、何でもするのか？」

「……」

「もしここに『ミラン』の兵が踏み込んできたら、どう説明する。敵国の男と、密会していたと怪しまれるな」

「……コンタクトレンズを……」

「そんな誤魔化(ごまか)しをしても無駄だ。裸になってしまえば、『秦安』の人間だと隠しようがない」

「で、では、どうしろと……」

瑛蓮は興奮してしまったものを手で隠しながら、震えた声で言った。

アーロンは自分の中にある、残酷さに気が付く。弱い者をいたぶるなんて、獣のような真似はしたくないと思っているのに、この特殊な状況下では欲望を抑えきれない。

瑛蓮を抱きたかった。

「いいか……今からすることは、情報を引き出すための拷問だ……跪け、瑛蓮」

アーロンは銃を取り出し、瑛蓮の頭に銃口を押しつけた。

「どんなことをされても、情報が欲しいんだろ。だったら瑛蓮……服従を態度で示してくれ」

跪いた瑛蓮は、濡れた瞳でアーロンを見上げる。

悲しいのか、悔しいのか、怒っているのか、その表情からは瑛蓮の感情は読み取れない。

瑛蓮のものはすでに興奮している。指で弄られただけで、あっさりと興奮してしまえる体だ。過去に男によって、そんなふうに開発されたのだと容易に想像は付く。

相手は帝だろうか。瑛蓮は帝を裏切り、その罪のためにこんな役目を与えられたとも思える。

「美しいゆえに、いろいろとあったんだろうな」

アーロンは憐(あわ)れみを込めて言った。

「……何も……ないです」

「嘘だ……何人の男に誘われた。その体の様子からすると、かなりの男の相手をしてきたように思えるが」

「そう思いたければ……思っていただいて構いません」

「何も言わなくても、俺がどうしたいか分かるだろ？」

瑛蓮は頷き、アーロンのズボンの釦を外しにかかった。興奮しているからといって、瑛蓮は決して喜んでいないだろう。そんなことは分かっていたが、アーロンは欲望に目が眩んでいた。

何があっても、瑛蓮が欲しい。

瑛蓮の中に自分の欲望をぶちまけるまで、アーロンの正常な判断力は、戻ってきそうになかった。

瑛蓮の唇が開き、アーロンのものを呑み込んでいく。期待していた以上の素晴らしい舌使いに、アーロンは思わず目を閉じてしまった。

「帝に愛されてたのか？」

返事はないと知りながら、アーロンは呟く。

「戦争などなければいいと……思わないか」

立ったままアーロンは、快感に身を任せる。脳裏にはなぜか、晴れた日の美しい高原の風景が浮かんでいた。

あれはミシュレー家の別荘がある田舎だ。羊がいて山羊がいて、鶏や七面鳥も飼われている。

昔は年に数回、別荘を訪れては避暑を楽しんだり、雪深い冬を楽しんだりした。

どうしてあの平和な時間に戻れないのだろう。

いや、あそこに今戻ったとしても、アーロンには何の慰めもない。両親はすでに亡くなり、レノンも国外に逃げた。あそこにいるのは、老いた別荘の管理人だけだ。

ふとアーロンは、瑛蓮をそこに伴うことを考える。

帝に愛され、捨てられた瑛蓮。

この悲運な美しい男こそ、今の自分に相応しいように思えた。

瑛蓮は慣れた様子で、舌を使うだけでなく、顔も動かしてアーロンの欲望を高めていく。規則的に繰り返される動きが、ずっと禁欲生活を強いられていたアーロンに、終わりを急がせていた。

出してしまったら、それですべてが終わる。

終わりたくないと、アーロンは思い始めていた。

そうだ、一度で終わらせることはない。アーロンにも狡さはある。瑛蓮が欲しがっている情報を、アーロンは握っている。それを餌にすれば、何度でも瑛蓮を犯すことが出来るのだ。

そう思った途端に、アーロンは瑛蓮の口から自分のものを引き抜き、瑛蓮の顔にすべてをぶちまけていた。

「あっ……」

白濁したものが、瑛蓮の美しい顔を汚していた。

けれど汚れてもなお、瑛蓮は美しい。

アーロンの欲望は、簡単に収まりそうにない。

もっともっと、瑛蓮を味わいたくなっていくばかりだ。

「これで済んだと思うな」

満足感を味わったのに、アーロンは瑛蓮に感謝することなく、乱暴にベッドに引きずっていく。

そして瑛蓮の体をベッドに投げつけると、アーロンも服を脱ぎ出した。

「やはり慣れてるな。こういうことをする訓練も受けているのか？」

瑛蓮を辱めるようなことを、アーロンはわざと口にする。そんなことでも言わなければ、自分がしていることの酷さを突きつけられるようで心苦しいのだ。

シャツを脱いだアーロンは、その袖で瑛蓮の手をベッドの鉄柵に縛り付けてしまった。

「まだ信用していないんですか？」

「もし誰かに踏み込まれた時の用心だ。それなりの代償が欲しかったら、大人しくしてろ」

手で瑛蓮の体に触れた。鍛え抜かれているのが分かる。なのに肌はしっとりとしていて、アーロンの指が吸い付くかのようだった。

胸に触れた手を、ゆっくりと下に下ろしていく。そしてまだ屹立している瑛蓮のものに、そっと触れた。

「んっ……」

瑛蓮はすぐに目を閉じる。そしてされるままになった。

「『秦安』の人間は、みんなこんなに綺麗な肌をしているのか?」

瑛蓮は答えない。アーロンは目を閉じた瑛蓮の顔に触れる。まだアーロンの着けた汚れがそのまま残っている顔を、シャツの端で拭ってやった。

そしてキスをする。

たかがキスなのに、アーロンの胸の鼓動は高まった。なぜだろう。性的な興奮は収まったのに、心は乱れたままだ。優しいキスが欲しい。偽りでもいいから、瑛蓮の心を感じたかった。

けれど瑛蓮は、仕方なしにキスに応えているようだ。

アーロンは唇を離すと、今度は荒々しく瑛蓮の体に唇を押し当て、強く吸い、そして噛んだ。

「あっ……あ、うっ……うう」

痛みに瑛蓮は呻く。その声に、アーロンの中の獣が目覚めた。

何を血迷っていたのだろう。あまりの美しさに誑かされたとしかいいようがない。情報のためには、平気で体も差し出す。そんな男相手に、甘い夢を見ようとした自分自身を、アーロンは憎んだ。

瑛蓮の体に、アーロンは爪痕を残す。さらに噛んだ痕と、強く吸った吸い痕まで残した。

そしてアーロンは、瑛蓮の中に屹立した欲望の塊を挿入する。

「んっ……んんっ、あっ……ああ」

瑛蓮の体が仰け反った。

体は悦んでいる。けれど瑛蓮は目を開けない。その時アーロンは、瑛蓮が心の中では、別の男に抱

かれているように感じた。

陵辱しているのはアーロンだ。なのにアーロンは、自分の心が陵辱されたかのように感じる。

どんなに瑛蓮の中に入っていっても、瑛蓮はアーロンを見ていない。

だがアーロンの心の中に、瑛蓮はどんどん浸食してくる。

そんな苛立ちをすべて、アーロンは瑛蓮の体に向けた。

「あっ、ああっ、あっ！」

高い声を上げて、瑛蓮は悦ぶ。もしかしたら瑛蓮も、今だけは獣になってしまって、何もかも忘れたいのかもしれない。ふとそんな思いが過って、アーロンは動きを止めた。

「あっ……ああ……何で……」

先走りの透明な蜜で、瑛蓮のものの先端は汚れていた。

なのに最後までいくことも許されず、いきなり放置されて瑛蓮は戸惑っている。

自分で欲望を解放したくても、手は縛られているから自由に出来ない。瑛蓮は焦れて、体を小刻みに揺すり始めた。

その様子を見ているだけで、アーロンはさらに興奮してきた。

「いきたいか？」

「……こんな状態で……放置ですか？」

瑛蓮は目を開く。濡れた瞳は悲しげで、捨てられた子犬のように思えた。

「俺に殺されるとは思わないのかな？　怖くないのか。そんなに無心に体だけ楽しんで、おかしいだろ、瑛蓮」

「いいんです……私も、所詮、獣ですから」

やはりそうだ。今だけは獣になって、瑛蓮は何もかも忘れようとしている。

「そうか……なら俺も、獣らしく振る舞うことにするよ」

瑛蓮の足を、アーロンは自分の肩に乗せた。その状態で、より深くアーロンは瑛蓮の中に押し入る。

「うっ！」

「奥まで届くだろ。どうだ、瑛蓮……俺を感じるか」

「ううっ……あっ」

奥へ、奥へとアーロンは自分のものを激しく瑛蓮に打ち付ける。

「ああっ！」

一声高く叫んで、瑛蓮は果てた。アーロンは瑛蓮の入り口の部分が、激しく収縮するのを楽しむ。

心なんてなくてもいい。

少なくともこの体だけでも、瑛蓮には価値がある。

たっぷりと瑛蓮の体の深奥を楽しんだアーロンは、ゆっくりと自分を解放する。

果てた後も、まだしばらくアーロンは、瑛蓮と体を繋げたままだった。

「朝食を頼んでもいいかな」

上気した顔で目を伏せていた瑛蓮は、アーロンの問いかけに目を開く。

「……お茶かコーヒー、それにパンとオレンジだけですよ」

「ベーコンかソーセージは？」

「さぁ……私は頼んだことがないので」

アーロンはゆっくりと瑛蓮の中にあったものを引き抜く。そして瑛蓮の手を縛っていたシャツを解いた。

「シャワーを浴びるといい……約束は守る。今から、特殊化学研究班のある、研究所の場所の地図と、建物の大まかな見取り図を書いてやるから」

「……本当ですか？」

「ただし……朝食を一緒に食べてくれ。こんなところで、一人で朝食を食べたくない」

瑛蓮はのろのろと体を起こすと、初めて微笑んだ。

優しげな美しい笑顔だ。

「ではドアノブに、朝食希望の札を下げてきます。ベーコンかソーセージがあったらお願いしますと、一言添えておきますから」

獣の時間が終わった途端に、瑛蓮は素直で優しい素顔を晒す。

そんなものを見てしまったせいで、アーロンの心はまたもや乱れ始める。

惹かれるなと、自分を戒めようとしても難しかった。

一年を掛けて、やっと一歩羽秀の元に近づけた。

瑛蓮はアーロンに巡り合わせてくれた、モロー侯爵に感謝している。

敵の敵は味方だ。ミランの反戦組織にコンタクトするまでの間、何度も命を危険に晒すようなことがあったが、その甲斐もあって、これまで謎だった特殊化学研究班の内情が少しずつでも解明されてきた。

今日でアーロンに会うのは三度目だ。

貰った情報はすべて、秦安軍の情報部に通知する。人獣の奇襲にあってから、特別対策本部が設けられていたが、瑛蓮の持ち帰った情報は信憑性があると、高く評価されていた。

密会の場所であるホテルに向かう。けれど今日は、いつものようにすんなりとはいかなかった。

神殿の周りを、ミラン兵が巡回している。その様子は、誰かを捜しているように思えた。

アーロンが自分を売ったとは思わない。こんなに苦労して捜さなくても、ホテルに来ると分かりきっているからだ。

瑛蓮を探しているのではないと思っても、やはり不安だ。もし尋問でもされて疑われたら、連行されてしまうだろう。

だが、武器は隠し持っている。いざとなったら、二人程度の兵なら戦って倒せる自信はあった。

もうただの医学生ではない。一年の間に、特殊部隊の過酷な訓練を受け、自ら肉体を鍛えていた。羽秀を討つという最終目標を達成するまでは、何があっても死ぬわけにはいかないから、必死になって頑張ってきたのだ。

せっかくアーロンに知り合い、羽秀に近づけると思ったのに、つまらないことに巻き込まれて、チャンスを失いたくはなかった。

ホテルの前に兵がいる。瑛蓮は仕方なく、巡礼の人波に隠れるようにして、兵の姿が消えるのを待った。

「兄さん、巡礼の記念に一つどうだね」

女神像を真似て作られた、焼き物の小さな像を売っている男が、声を掛けてきた。瑛蓮は買う気もなかったが、像を受け取り眺める。

「これはいくらですか？」

「百ギニーだよ」

「高いな……」

焼きたてのパンが、一つ一ギニーで買えるのだ。この稚拙(ちせつ)な像が、その百倍もするとは高すぎる。

瑛蓮はすぐに像を、元置かれていた男の足下に戻した。

「兄さん、学生さんかい？　だったら七十でいいよ」

瑛蓮は困ったように笑って、首を振った。次の瞬間、瑛蓮は背後に気配を感じて、思わず振り返っていた。

「コートのフードを取れ」

兵は銃を構えて、瑛蓮を警戒している。

鍛えすぎた弊害だ。巡礼者のように振る舞おうとしたのに、動きが素早すぎて、近づいてきた兵に余計な疑いを持たせてしまったようだ。

おどおどと瑛蓮はフードを取る。兵はその容姿に、多少の疑いを持ったようだ。

「どこから来た?」

「ルドー地方からです。病気の母に代わって、お参りに来ました」

国境近くのルドー地方には、秦安の人間に風貌の似たものが多い。そこで瑛蓮は、ルドー地方の住所で、偽の身分証明書を用意していた。

「身分証を」

兵に命じられ、瑛蓮はその偽の身分証明書を差し出した。

「まだ若いな……何をしてる?」

「家業を手伝っています。家鴨(いえがも)と鶏を生産しています」

「へぇーっ、そうか……家鴨ねぇ……」

じろじろと兵は瑛蓮を見る。その目からは、まだ疑いは消えていない。

「一応、連れて行くか」

二人組の兵の一人が、相方にそれとなく訊く。

「そうだな」

相手は曖昧に答える。

「僕は何もしてません」

連行されそうになって、瑛蓮はわざと怯えたように言った。

「な、何なんですか？」

「レジスタンスがうろついているんでね。何も疚しいことがなけりゃ、すぐに帰してやる」

兵にはレジスタンスと一般人を見分ける能力などなさそうだ。適当に目に付いた人間を連行していって、とりあえず働いているところを示すつもりなのだろう。

連行されたら、武器を携帯していることがばれてしまう。そして裸にされたら、過去の戦いで付けられた銃痕も見つけられてしまうだろう。ここで派手に動いたら、レジスタンスと疑われる。かといって大人しくしていたら、連行されるだけだ。

困ったなと思った時、人混みをかき分けて、赤茶の髪をした大柄な男が近づいてくるのが見えた。

「これだから田舎者は困るんだ」

アーロンはそう言うと、兵の前に立った。

「アーロン・ミシュレー少尉だ」

身分は軍服に付けられた記章ですぐに分かる。兵はすぐに敬礼した。

「この男は、うちの執事の親戚だ。何か問題でも起こしたか？」

「いえ、ただいまレジスタンスの警戒中です。少尉のお知り合いとは知らず、失礼いたしました」

「エーレ、おかしな真似でもしたのか？　ここはお前の故郷とは違うんだぞ」

いかにも知り合いのように、アーロンは瑛蓮を叱る。

「すいません、若様。あの像が百ギニーだと言われて、薦められたけれど買えないから断っただけです」

瑛蓮は悲しそうに言う。すると二人の兵は、人のよさそうな笑顔になった。

「それは高い。こらっ、田舎者だからって、足下を見るようなことをするんじゃない」

兵は像を売っている男を叱った。

「こんなものは五ギニーも払えば十分ですよ。お母さんの病気が、早くよくなるといいですね」

笑顔でそう言うと、兵はアーロンに再び敬礼して去っていった。

アーロンは無言で十ギニーの札を取り出すと、像の置かれている場所に置き、代わりに一つの像を手にした。

「文句はないな？」

アーロンに睨まれて、像売りの男は頭を下げる。

「行こう……」

瑛蓮の像を渡すと、アーロンはそのまま歩き出した。

「どこへ……」

「バイクを駐めてある。今日はホテルは無理だ。レジスタンス狩りをやっている」

ホテルはレジスタンスが関係しているから、一番安全な場所だった。そこが使えないとなると、どこに行くつもりなのだろう。まだアーロンを完全に信用してはいない。不安になった瑛蓮に、アーロンは顔を近づけて耳元で囁いた。

「俺の別荘に行こう。ここからならバイクで三十分もあれば辿り着く」

「あなたの別荘？」

「安心しろ。俺はまだ疑われていない」

ホテルの近くに、大型のバイクが駐められていた。アーロンは跨ると、後ろに乗るように瑛蓮に示す。

「直に夜になる。急ごう」

もう迷っている時間はない。瑛蓮は女神像をポケットに入れると、急いで後部座席に飛び乗った。

「俺の運転は荒いぞ。振り落とされないように、しっかりしがみついてろ」

エンジンが掛かったと同時に、アーロンのバイクは走り出す。それと同時に、遠くから銃声が響いた。平和を願うレジスタンスが、犠牲になったのだろうか。

夕陽が美しい。オレンジ色に染まった雲が、数えられるほど浮かんでいるだけで、空は晴れ渡っている。風もなく、バイクで走るには最高の日だ。

けれど遊びに行くのではない。

美しい風景を、心から楽しむことも出来ないまま、のどかな田舎道をひた走り、辿り着いたのは郊外の静かな丘陵地だった。

丘の中腹に、二階建ての瀟洒な邸があった。それが別荘だというなら、アーロンの家は裕福な貴族だと瑛蓮は気が付く。

バイクを乗り入れると、すぐに邸内から初老の男が出てきた。

「これは若様、いらっしゃるなら、そうおっしゃってくださればいいものを」

「すまない、トム。来客だが、構わなくていい。軽い食事と、暖炉に薪をくべてくれればいいよ」

アーロンは親しみを込めて言うと、すぐに邸内に入ろうとする。

「こんばんは、お客様……あのお名前を」

「エーレだ。トム、気を利かせてくれ。俺の秘密の恋人だ」

「あっ、ああ……あ、そうでしたか」

言われたトムは、困ったように笑った。そしてやれやれといった顔で、ちらちらと瑛蓮を盗み見る。

「若様、ラム肉のステーキと、野菜のスープくらいならありますよ。パンは昨日焼いたもので、少し硬いかもしれません」

瑛蓮と目が合うと、トムは慌てて視線を外したが、嫌がっているようには見えなかった。

「来いよ、エーレ。俺の別荘だ」

ドアを開いて、アーロンは待っている。その後に瑛蓮は、黙って従った。

狩りの時にも、ここを利用するのだろうか。壁には、動物の剥製の頭部が幾つも飾られている。大きな鹿のものが多かった。

「俺は私生活まで、君に晒した」

すでに火が入っている、一階のダイニングルームの暖炉の前に立つと、アーロンは手袋を外しながら言った。

「まぁたいして隠すようなことはないな。兄は伯爵、今は国外逃亡中、両親はすでになく、妻も子もない」

ソファに座ったアーロンは、長い足を投げ出す。すると瑛蓮は、命じられてもいないのに、アーロンの前に跪いて、ブーツを脱がしにかかった。

「君は？　家族はいるのか？」

「父がいます。母は、私が幼い頃に亡くなりました。兄弟はいません」

「そうか……父上は何をしている？」

「帝に仕える医者です」

瑛蓮はブーツを揃えて部屋の隅に置くと、振り向いてアーロンに訊ねた。

「部屋履きはどこですか？」

「召使いの真似などしなくていい」

「いいえ、そんなつもりでやっているのではありません。足が寂しがっていると思っただけです」

瑛蓮のユーモア溢れた答えに、アーロンは笑った。

こんな場面をトムが見たら、本当の恋人同士だと思うだろう。それくらい自然に、瑛蓮は振る舞っていた。

羽秀の居場所に辿り着くために、これまで何人かに体を差し出した。命を捨てる覚悟からすれば、体を差し出すことなど何とも思わない。金で満足しない相手に、体で支払う。そう思えばいいだけだ。

今回もそのつもりだった。なのに瑛蓮は、アーロンの前では素直な自分に時々戻ってしまう。

「部屋履きを貰ってきます」

瑛蓮が出て行くと、ちょうど二階に薪を運ぼうとしているトムと出会った。

「部屋履きはどこですか？」

「今、お持ちしますよ。すぐに風呂に入れるようにもします。若様のパジャマをお貸ししますが、少し大きいですかね」

「ありがとう……」

「いえいえ、若様が自分からゲストをお連れになるなんて、初めてですからね。うまくお持てなし出来なくても、若様を恨まないでください」

「そんな……とんでもないことです」

アーロンはまともな人間だと、瑛蓮は感じた。使用人が心から尽くせる主というものは、たいがい人間的にも優れている。優しさや包容力を身に付けているのだ。貴族の子弟として、真っ直ぐに育ったに違いない。

そんな気質は、どこか羽秀にも似ている。

羽秀は従者に対しても、決して尊大な態度は取らなかった。誰にも親切で優しく、皇族であることを決してひけらかさなかった。

だから羽秀に惹かれた。

どんなに美しい皇子でも、羽秀が傲岸な君主ぶりを示したら、瑛蓮は決して愛せなかっただろう。

肉体は生き返っても、あの崇高な魂は消えてしまったのだろうか。瑛蓮がもっとも愛した、あの清らかな魂は、ではどこに消えてしまったのだろう。

「エーレ様、部屋履きですよ。ここの牧場の羊の毛で作ったんです。温かいですよ」

トムは二階から、二足の部屋履きを手にして駆け下りてくる。

「ありがとう……」

「ルドーの出身ですかね？　あっちは黒髪が多いからね。ルドーには美男美女が多いって訊いたが、本当だね」

嬉しそうに言われて、瑛蓮は小さく頭を下げた。

今夜だけでも、ルドー出身のエーレでいようかなと思う。瑛蓮はとうに、自分自身を見失っていた。父のように医者になりたかったが、その願いも潰えた。羽秀の恋人、そう呼ばれることも生涯ない。こうして生きていても、それは羽秀を討って死ぬまでの、かりそめの命でしかない。だったら今宵、自分でないものになっても許されるだろう。

暖炉の側に戻ると、アーロンは軍服の釦をすべて外し、ソファに横たわって目を閉じていた。安心してくつろぐ姿に、このまま何も真実を告げずにいるのが罪深く思えてきて、瑛蓮はアーロンに近づくと、床に座り、その耳元で囁いた。

「私の目的は……捕らえられた『秦安』の帝の弟、羽秀様を殺すことです」

エーレでいたいと思いながら、瑛蓮は自分のことをアーロンに告げていた。

いや、別の存在になりたいと思ったから、自分のことを他人事のように話せるのだろうか。

「私を助けるために、羽秀様は撃たれました。私達は……愛し合っていた……羽秀様は私を守ろうとして、その身を犠牲にしてくれたんです」

アーロンは本当に眠ってしまったのだろうか。何も返事はない。

それに安心して、瑛蓮は独り言のように呟いた。

「死んだのなら、後を追うだけ……。でも、羽秀様の肉体は、今も辱められている。私は……羽秀様に本当の平安を与えたい。そのために今は生きています」

なぜだろう。羽秀の死後、誰にもこんな話をしたことはなかった。父にさえ、話すことをせずにいたのだ。

なのに今は、心の中から滲み出るようにして、言葉が出てくる。しかも言葉だけではない。ずっと忘れていた涙が、瑛蓮の頬を伝っていた。

「愛していたのか」

髪に触れる手で、瑛蓮はアーロンが目覚めていたことに気が付いた。

「はい……愛していました」

言葉にすれば、何と単純な真実。けれど想いは深く、瑛蓮の心を幾つにも切り裂く。

もうどこにも羽秀はいない。

愛したくても、羽秀はいないのだ。

そのことに今更のように気付いて、瑛蓮の涙は止まらなくなっていた。

「彼の何を愛していた?」

「すべてを……」

「だったら、魂のない肉体だけでも、殺すなんて出来ないだろう?」

「いいえ……出来ます」

本当に出来るだろうか。恐ろしい魔物になってしまったとしても、愛した羽秀の肉体だ。

「瑛蓮……無理だとは思うが、今からは羽秀を憎むといい」

「えっ……」

「自分をこんな苦境に追い込んだ男だ。憎くてたまらない。そう思うんだ」

瑛蓮の髪を撫で続けながら、アーロンは悲しげな声で言った。

「無理です……」

「そうか……だったら、どんなに姿は似ていても、別の存在、獣だと思えばいい。人は時に残酷になれる。飢えているわけでもないのに、楽しみのために狩りをする。俺もこれまでに鹿を何頭も撃った」

「あそこに飾られていた鹿ですか？」

「そうだ。自分で撃った鹿でも、俺は数切れしか肉を食べない。なのに……撃つ。狩りが目的となると、愚かなことも出来るものだな」

鹿を撃つ狩人のように、羽秀を撃てとアーロンは言うのか。

「でもアーロン、あなただって、自分の愛馬や愛犬は撃てないでしょう？」

「撃ったことはある。狩り用の犬が、伝染病になってね。他の犬や家畜に伝染するのを恐れて……撃てと父に命じられた」

「えっ？　お父上が」

「何て残酷なことを命じるんだと、最初は父を恨んだ。けれど……病で苦しんで、俺が誰かも分からなくなっている犬を前にした時、俺は……泣きながら引き金を引いた。十四だったな」

さらりと口にしているが、瑛蓮はそこにアーロンの深い思いやりを感じた。

瑛蓮の心を軽くするために、アーロンは辛い過去の思い出を話してくれたのだ。

「今では父の気持ちがよく分かる。俺が軍人になることを望んでいた父だが、命の意味について考えさせたかったんだろう」

アーロンはゆっくりと起き上がると、瑛蓮の腕を引いて、ソファに座らせた。そして涙で濡れた顔を、ポケットから取り出したハンカチで拭ってくれた。

「俺は軍人になるよう育てられた。だが瑛蓮は、人の命を救う医者になるよう育てられた。命に対する考え方が違うのはしょうがない。だが目的があるのなら、今からは軍人のように考えるべきだ」

ゆっくりと諭すように言うアーロンの言葉に、瑛蓮は静かに頷いた。

「ありがとう、アーロン。迷いが吹っ切れました」

「……どうかな……出来るとは言ってるが、その場になって冷静でいられるか？」

「……」

「人を撃ったことなんてないんだろ？」

「はい……戦地には医療班で出向いただけです」

そんなことまで、なぜアーロンに話してしまったのだろう。瑛蓮は困惑しながら、アーロンを見つめた。

その顔は悲しげだ。なぜ、そんな悲しげな顔をしているのだろう。瑛蓮はそっとアーロンの頬に触れた。

「今夜はあなたの秘密の恋人、エーレになっていていいですか？」

「何だ、急にそんなこと言い出して」

「ここは、私がこれまで知らなかった世界です。ミランには半年留学しましたが、狭い寄宿舎に閉じこめられていました。貴族の別荘に招待されたのは初めてです。素敵な夢が見られそうだ」

「忘れたいのか？」

「はい……今だけは……」

アーロンに抱かれている間は、何もかも忘れられる。

獣の欲望が、人間の苦悩を押し出してくれるからだ。

ずっと続いている緊張感のせいで、瑛蓮の心はずたずただ。そんな時に、アーロンの優しさに触れて、瑛蓮は甘えたくなっている。

許して欲しい。

せめて今だけ……少し休ませてと、瑛蓮は羽秀の消えてしまった魂に詫びていた。

傷が癒えたら、新たな傷をその体に与える。

意味のない行為に思えるけれど、イリアにとってこれは儀式だ。

羽秀が自分にとって忠実な獣である限り、その体には常に新しい傷が付けられる。傷を付けるのに、理由なんてものはいらない。だがたまには、理由らしきものが出来ることもある。

ここ最近、ベネットの様子がおかしかった。注射をする時、暴れないように羽秀が助けるようになっていたが、その間異様に興奮するようになったのだ。

助手から羽秀を近づけるより、首に着けられた電磁ショックの装置を使わせて欲しいと言われて、イリアは不快感を顕わにした。

「あの女を誘ったのか？」

その夜、寝室に戻ってから、イリアは羽秀の回りをゆっくり歩き回りながら、ちらっと視線をベネットの部屋のある方向に向ける。

「発情した牝にとって、ハシューは魅力的だろうからな。どうやって誘った？　笑いかけたのか？」

羽秀にそんな気はないことくらい知り抜いている。それでもイリアは、ねちねちと責めずにはいられない。もし羽秀に心があるなら、こんな理不尽な問い詰めに怒りを表すだろう。反論したくても、言葉も口に出来ないというのに、イリアは執ように羽秀を責めた。

「悪いのはベネットだと言いたいのか？　そうだな、ベネットが悪い。あの女は色情狂だ。魂を失っても、それだけは変わらないらしい。どうなんだ、ベネットに発情したか？」

答える代わりに、羽秀は遠くを見つめる。その赤い瞳に何が映っているのだろう。イリアはその顔を覗き込み、その瞳に無理やり自分の姿を映させた。

「座れ、蹲るんだ、ハシュー」

黙って羽秀はその場に座り込む。その背中に、イリアは無慈悲な鞭打ちを開始した。

「女なんかに発情するな。おまえは私だけを見ていればいいっ！」

愚かなゲームだった。過去にはこうやって自分より身分の上の男達を、恐れさせ支配してきた。だがそれがあくまでもゲームであり、本当に支配したことではないとイリアも気が付いている。

密室の中でどんな痴態を演じようと、一歩外に出れば、彼らには輝かしい世界が待っている。支配者と隷属する者の立場は、ドア一枚で大きく変わってしまうのだ。

痛みを与えているのではない。

イリアはいつだって、痛みを与える役をさせられているだけだ。

金やその後の厚遇を代価に、彼らは痛みを買う。イリアは痛みを、そして屈辱感を売ってきた。

自分は人を支配する立場になっても、痛みが欲しいと思わない。誰かに罰せられたいとは思わないし、許しを乞いたいとは思わない。

生まれつきの貴族ではないから、いたぶられたい気持ちなど分からないのだろうか。だったら生涯、愚かな貴族になどなりたくはなかった。

「おまえは愚かじゃない。本当は痛みなんて好きじゃないんだ」

項垂れたまま、黙ってイリアの鞭を受けている羽秀を見ていると、不思議な気持ちになってくる。もしかしたら羽秀は、イリアのためにわざと痛みに耐えているのではないかと思えてくるのだ。

いくら従順とはいえ、犬でも度重なる叱責には怒りを示す。なのに羽秀は、黙って耐えることでイリアが喜ぶとでも思っているのか、驚異的な力があるのに反撃することはない。

「ハシュー……痛むか？　痛まないだろ」

イリアの質問に、羽秀は相変わらず答えない。けれどこの頃は、悲しげな顔をするように思えてきた。

記憶は戻っていないが、人と同じように暮らしている。言葉は話さなくても、心には何か思うことがあるのだろうか。どこまで理知的に考えることが出来るのかは、未だに分からないままだ。

いや、分からないのではなく、イリアもハザウェイも知ろうとしないからだろう。

人獣が自分はどんな存在なのか考えることを、ハザウェイは極端に恐れている。彼らが知性を取り戻し、逆襲してくることを恐れているのだ。電磁鞭で叩かれても、薬液を貰えず再び死ぬことになっても構わないから、復讐してやると思うようになったらおしまいだ。

本気になって向かってきたら、人獣にはとても敵わない。爆弾で体を粉々にしない限り、人獣は死なないのだ。銃で撃った程度では、たいした効果はない。もたもたしているうちに、こちらが八つ裂きにされてしまう。

ハザウェイが提案してきたのは、再生された順で激戦地に送り込み、爆弾や銃弾のように消費してしまうべきだというものだった。それにはイリアも異論はないが、羽秀だけはそうはいかない。

もう手放せないと思った。

羽秀がいなくなったら、イリアはどうやって自分を慰めたらいいのか分からない。

こんなに理不尽にことをしているのに、耐えるのはどうしてだ。

愛されていると思ってはいけないのだろうか。

イリアは羽秀に近づき、真新しい傷に触れた。こんなことをしなければ、愛を確かめることも出来ない自分が悲しくなってくる。けれどこれは紛れもない、イリアの愛の印なのだ。

「ハシュー、おまえは私のものだ。他の誰にも媚びるな。私以外の人間の手から、何も受け取ってはいけない」

鞭を投げ出し、イリアは羽秀を立たせてその体に抱き付く。

「脱がせろ、ハシュー。夜だ……楽しむための時間が始まった」

命じられた羽秀は、器用にイリアの軍服を脱がし始めた。毎日、こうして羽秀に手伝わせて服を脱ぐ。そして翌朝には、同じように羽秀に手伝わせて服を着た。

もう下士官に、自分の身の回りを世話させることもない。羽秀だけがイリアのすべてを知っているのだ。

ベッドに入ると、イリアは迷わずに命じた。

「舐めろ……ハシュー」

その言葉だけで、羽秀はイリアの体に舌を這わせ始める。手足の指の一本、一本まで丁寧に口に含み、胸から腹へと続けていった。

「んっ……んんっ……」

イリアは目を閉じ、尽きることなく施される愛技に身を委ねた。

羽秀が来てからの一年間、イリアは他の男と寝ていない。どんな男と寝ても、羽秀以上の満足を与えてくれるとは思えなかったからだ。

それに軍の上層部の将校と寝て、自分の思うように軍を動かす必要も無くなった。なぜならイリアは、最高の暗殺部隊を持っているからだ。

撃たれても死なない暗殺者は最高だ。しかもこの暗殺者は、敵に買収される心配もない。何も悩まず、命じられたことだけを忠実に実行する。

暗殺を命じたのがイリアだと分かっていても、証拠も目撃者も残らない。残るのは次に殺されるのは自分かもしれないという恐怖だけだ。

「ああ、いいよ、ハシュー、お利口だ」

羽秀の舌が、イリアの性器を舐めている。けれど舐めさせはするが、口に咥えることまではさせない。やはりイリアも、羽秀が突然記憶を取り戻し、性器に歯を当てる瞬間が来るのではないかと怯えているのだ。

　だがそんなふうに頭が働くようになったら、羽秀は簡単にイリアの首を絞めるだろう。首を絞められるのなら耐えられるが、性器を食いちぎられたらたまらないと、イリアはおかしなことで怯えている。羽秀を人間と思うより、獣だと思っていたいせいなのだろうか。

　性器から裏側の入り口まで、丁寧に羽秀は舐めていく。イリアが喜ぶと知っているから、たっぷりと時間をかけて舐めてくれるのだ。

　何度鞭打たれても、羽秀は忠実だ。それは犬の忠実さに似ていた。

「ああ……あっ、ハシュー……」

　イリアは羽秀の髪を軽く引っ張る。それが合図で、羽秀は興奮したものを、今まで舐めていたイリアのその部分に挿入してきた。

　止めろとイリアが命じるまで、羽秀が果てることはない。そのまま続けさせたら、何時間でも羽秀はイリアの要求に応えた。その間に羽秀が射精することもあるが、すぐにまた回復してしまう。欲望を制御する方法を、羽秀は忘れてしまったようだ。

「最高だよ……おまえは最高の性具だ……」

　イリアは声を上げ、身を捩って快感にのたうった。その姿を羽秀は、赤い目でじっと見つめている。見せつけるようにイリアは、乱れた姿をさらに大きく乱れさせた。

「ああ、いい、いいよ、ハシュー、ああ、もうたまらない、もっとだ、もっと奥まで、ああ、もっと

強く、何度でもハシュー……あっ、ああ」

何もかも忘れて行為にのめり込む。するとイリアの頭の中も、見事に空っぽになっていって、辛いことも不安もすべて消えていった。

射精の快感は一瞬だ。それよりも内部に感じる充実感が、ずっと続いて欲しいと思う。だからイリアは、一度果てても貪欲に羽秀のものをねだった。それに応える羽秀は、疲れというものを知らないのだ。

「あっ……ああ……」

羽秀の体に絡ませていたイリアの足が、力なく外れていく。

ついにイリアのほうが力尽きて、今宵の愛欲の時間は終わりを告げたのだ。そのままイリアは、羽秀に抱き付いて眠る。眠っている間も、何の心配もない。羽秀が守ってくれると信じていたからだ。

翌日、イリアは久しぶりに、イヴァンから離宮に招待された。王の招待を断ることは出来ない。イリアは羽秀も正装させ、離宮に同伴した。

正装させると、とても人獣には見えない。やはり羽秀から、皇族の気品が消えることはないのだ。けれど羽秀は、居心地悪そうにしている。『ミラン』の正装には馴染みがないからだ。

「何年ぶりだろう……ここを訪れるのは……六年かな」

以前より荒れた印象を受ける。庭園の手入れが雑なせいだろう。綺麗だった池の水が濁っているのは、噴水が止められているからだった。

建物に入ると、イリアはすぐに眉を顰めた。絨毯が汚れている。そんなことは王の離宮として許されることではない。それにカーテンも、ここ何年変えられなかったのか、イリアの記憶にもある以前のままだった。

イヴァンは居間でイリアを待っていた。その足下には、やはり犬がいる。けれどボルゾイ犬ではなくて、利口そうなシェパードだった。

「陛下……お久しぶりです」

もうこれはイリアの知っているイヴァンではない。髪はすっかり白くなり、異様なほど痩せ細っていた。目が悪くなったのか眼鏡をしていて、お茶を飲んでいたが、カップを持つ手が震えていた。

「ああ、イリア・オードマン、久しぶりだな」

その声も以前のような力強さはなくて、掠れた老人のような声だった。

「お体の具合はいかがですか？」

「見れば分かるだろう。いい筈がない」

イヴァンはイリアに座るように示すと、改めて羽秀を見てぎょっとした顔になった。

「これは……」

「陛下がお連れになっている、その愛犬と同じですよ。私を守ってくれる、よい番犬です」

「……秦安王朝の皇子ではないのか？」

「似ておりますか？　私は、王朝の人々をよく知らないので」

しらっと答えるイリアに、イヴァンは何か言おうとして激しく咳き込んだ。

停戦を口にするようなら、いずれイヴァンも始末しないといけないと思っていたが、どうやらこの様子ではもう長くないようだ。いよいよ共和制に移行かと、イリアは口元に笑みを浮かべる。

そこに侍従が、軽食を運んできた。イリアもイヴァンも、それぞれまず自分の愛犬に味見させせる。

そして熱い料理もすっかり冷め、染み出た肉の脂がうっすらと固まる頃に、やっと口に運んだ。

「イリア、今、この国がどんな状況か、分かっていると思うが」

「陛下、弱気な発言など聞きたくはありません」

「いつから、王に対して、そのような口を利くようになった」

激昂しているのだろうが、イヴァンの声は弱々しい。

「開戦を宣言されたのは陛下ですよ。お忘れになりましたか？」

「ああ、そうだ。こんな長期にわたって、戦いが続くとは思っていなかったのだ。しかも……イリア、やはりこれは人としてやってはいけないことだ」

羽秀を見ながら、イヴァンは深いため息を吐く。

「あの研究は、当初は不死を目指す研究だった筈だ。そのつもりで余は、ハザウェイに研究資金を与えた。それがいつの間にか、人獣兵器などというものになってしまった」

「不死の薬は、そう簡単には作れませんよ。そのためには、まだまだ資金が必要です。だからこその開戦ではなかったのですか？」

「三ヶ月だ。三ヶ月で、すべて終わる筈だったではないか。それが一年を過ぎても、一向に終わる気配がない」

「それを私に言われても……私は戦争の専門家ではないので」

やはりイヴァンは停戦を望んでいる。それを告げるために、わざわざイリアを呼び出したのだろうか。この口調では、戦争の責任はすべてイリアにあるとでも言いたげだ。六年掛けて、ついにイヴァンは洗脳から逃れたようだ。

「イリア、余にも子がある。王女二人しか生まれなかったが、あれは……大切な財産だ。このまま戦局が長引けば、いずれ王宮内にも秦安軍は侵攻してくるだろう。そうなったら、我が娘達にも危険が及ぶ。この際、余は停戦をすべきだと思う」

「では、国民の批判は、すべてその身で受けられるということなのですね。でも、国民は納得しないでしょう。負けるために戦う者はおりませんから」

「何を言われても、これ以上の死者を出し、国費を失うよりましだ」

「そこまでのお覚悟がおありなら、私にはもうお止めすることは出来ません」

ついでに退位してしまうといい。けれど幼い姫を即位させたら、後見人が必要となる。それでまた宮廷内は混乱するだろうが、その時こそイリアにとってはチャンスだ。

軍部を中心にクーデターを起こすこともあり得るだろう。貴族社会に対して反発している庶民も多いし、すでに貴族院は力を失っている。倒れる王室を救える者はいない。

「で、停戦の条件なのだが……イリア……その者を、秦安皇帝に差し出せ」

「はっ？」

羽秀がどう関係していると言うのか。今頃になって、一年前に戦死した弟を差し出し、黎秀の機嫌を取ろうというのか。

それこそ馬鹿げている。イリアは不愉快になって押し黙った。

「隠しても無駄だ。秦安皇帝は、弟が我が軍によって、姿を変えられたことをすでに知っている。そのことで、言いようのない辱めを受けたと思っているようだ。『秦安』の人間は、遺体を篤く葬ることを大切にしている。遺体に戻してでも、返すべきだ」

「お断りいたします。これはただの兵士……そのようなものではありませんから」

羽秀を奪うだと？　イリアはもう少しで大声で叫びそうだった。

もはや羽秀のいない世界など、イリアには想像もつかない。自分でも思っていなかったほどの、強い執着を抱いていたことに、今更ながらイリアは気が付いた。

勝手に停戦したければすればいい。だが羽秀を渡すことは出来ない。阻止するためなら、イリアは何でもする覚悟だった。

「そうか……あくまでもただの兵士だと、言い逃れするつもりか」

イヴァンは立ち上がる。そして上着のポケットに手を突っ込んだ。次の瞬間、イヴァンの手には銃が握られていて、震えながらもイヴァンはイリアに向けて発砲した。

けれどイヴァンの行動はすでに読まれていた。もっと素早く動けばよかったのだろうが、イヴァンにはそれだけの力がなかったのだ。

イリアはすぐに身を屈めてテーブルの下に隠れた。

思い切ったことをしてくれる。イヴァンにしてみれば、まぁ上出来な作戦だろう。奇襲などを思いつくのは、恐らくイヴァンの考えではない。裏に誰かいるのだ。

新しい愛人を見つけたのか。それとも隣国から来た王妃は、思っていたより賢くて、この病んだ王をまともにしようと必死なのだろうか。

椅子を蹴散らし、テーブルを薙ぎ払って、イヴァンはイリアを撃とうとした。けれど羽秀が黙って見ている筈もない。その体に一発の弾丸を受けながら、気が付けばイヴァンの喉元を締め上げていた。

イヴァンの愛犬はウーウー唸（うな）っていたが、獣の本能で羽秀に怯えているようだ。羽秀が軽くその脇腹を蹴り上げると、尻尾を巻いて逃げ出してしまった。

「ハシュー、殺すな。大切な国王陛下だ」

銃声を聞きつけた随臣達が、銃を構えて居間に入ってくる。イリアは彼らに向かって叫んだ。

「これ以上興奮させると、陛下の首の骨が折られるぞっ」

いや、その前に興奮したせいで、イヴァンの脆弱（ぜいじゃく）な心臓が勝手に止まってしまいそうだった。

羽秀はイヴァンの手から銃を奪い取り、まだその喉元に片手をあてがったまま、どうしたらいいかというようにイリアを振り返る。イリアは自由にしてやるようにと、小さく頷いてみせた。

「陛下、私の死をお望みですか？　ですが陛下、私が何の策も講じずに、のこのこ一人でここに来たと思われているのですか？　私が戻らなければ、いずれ王宮内に人獣の中隊が押し寄せることになりますよ。戦争にうんざりとした国民は、王族が八つ裂きにされる様を、喜んで見ていることと思いますが」

イリアは軍服に付いた汚れを、綺麗なハンカチを取り出して拭った。

いつでもハンカチはポケットにある。銃を持つのと同じくらい自然に、イリアは必ずハンカチを持っている。それは時々、こうしてイリアを助けてくれるのだ。

「イ、イリア。余を脅すのかっ？」

「それは陛下も同じでしょう。私にすべての責任をなすりつけて、こっそりと裏で始末すれば、それで何もかも終わるとお思いなのですか？」

「なぜ分かってくれぬ。イリア……愛していたのに」

もうイヴァンに嘘は吐きたくない。だからイリアは黙っていてやることにした。

愛したことなど一度もないと、残酷な真実を告げずにいてやるのも思いやりというものだ。

「私がいなくなれば、人獣兵は暴徒となるかもしれません。何しろ彼らを調教出来る人間は、そういないものでして。『秦安』の兵だけが、人獣になっているとは限らないのですよ、陛下。同じ国民だと、誰もがつい油断してしまいますものね」

イリアの言葉に、ついにイヴァンは崩れ落ちた。随臣が駆け寄り、慌ててイヴァンを助け起こす。

「お一人で私に戦いを挑まれた勇気には感服いたしますが、そのご様子では、あまり無理をなさらないほうがよろしいかと。またこの離宮で、のんびりと静養なさってはいかがですか」

冷たい声でそう言うと、イリアはそのまま部屋を出て行こうとした。

その体は、羽秀によってしっかりと守られている。砲撃でもしなければ、イリアをこの場で殺害するのは難しい。けれどイヴァンにそこまでの用意はなかったようだ。

イリアが外に出ると、離宮には不似合いな軍用トラックが、イリアの車の側に待機していた。その中には小銃を手にした、土気色の肌をした無言の兵達が乗っている。それを見ただけで、イヴァンと同行していた随臣達も、イリアの背中に銃を向けるのを諦めた。

イリアが車に近づくと、羽秀は周囲を警戒しながら車のドアを開く。おもむろに車に乗り込みながら、羽秀を振り返ってイリアは微笑んだ。

「私を守ったな、ハシュー」

すると羽秀は、何か考え込むような顔をする。

自分のしたことが、果たして正しかったのかどうか、悩んでいるようにも見えた。

停戦を進めようとした国王の計画は、どうやら失敗したようだ。レジスタンスの中核を成す貴族達が、イヴァンに命懸けで進言してから数日が経つが、停戦宣言はまだ成されていない。

それどころかイヴァンは病に倒れ、王宮の奥深くに身を隠してしまった。

アーロンは特殊化学研究所に向かう道すがら、それとなく渡されたレジスタンス仲間からの手紙を受け取る。読んだらすぐに始末しないといけない。

バイクを人気のない場所に駐めて、アーロンは渡された手紙に素早く目を通した。

『国王は自らの手で、オードマン少佐を撃とうとして失敗した。少佐には、特別な人獣がついている。知能が高いようなので、近づくときは用心されたし。人獣暗殺隊が結成されている。少しでも疑われると、暗殺される危険あり。王への接触は、もはや不可能。新たな作戦に移行』

読み終えると、アーロンはその手紙をすぐに燃した。

「そうか……国王は、自らの手でけりをつけようとして失敗したのか」

もはやこの国では、国王ですら権力を掌握していない。では誰が一番の権力者なのだろう。

戦争推進派の軍部トップだろうか。それとも人獣兵器のすべてを手中に収めた、イリア・オードマン少佐なのだろうか。

イリアの特別な人獣の噂は聞いている。手に入れたばかりの時に、その正体は分かっていた、かつての秦安王朝の皇子に間違いないだろう。

なのにイリアは、今はそれを隠している。いくら敵とはいえ、皇族に対して敬意を払わないことで、軍部や貴族から批判されることを恐れているのだ。

やはりイリアの元から、皇子を引き離すべきだ。皇子の遺体を『秦安』の皇帝に返さなければ、和平交渉は難しく思える。

彼らは誇り高い民族だ。アーロンは瑛蓮と知り合ってから、特にその感を強くしていた。

瑛蓮に囚(とら)われの皇子のことを伝えるべきか、アーロンはまだ悩んでいる。教えたら最後、瑛蓮は爆弾を抱えて自爆してでも、皇子の命を奪うために戦うだろう。

たとえ皇子を殺すことに成功しても、それで戦争が簡単に終わるとは思えない。イリアが人獣兵器を作り続ける限り、停戦はあり得ないのだ。

暗い気持ちで、アーロンは再びバイクに乗って、特殊化学研究所に向かった。ここのところ特殊化学研究所に顔を出すことはほとんどない。秦安軍の情報を探っているという名目で、足を向けなかったのだ。

たまに訪れても、イリアに会うことはなかった。アーロンにも分かるのだ。他の人間は心配ないが、イリアは特別鋭いところがあって、下手をすれば自分がレジスタンスの一員であると見抜かれてしまう可能性がある。

出来ることなら、イリアには近づかないほうがいい。けれども、直接呼び出されてしまっては、行かないわけにはいかなかった。

呼び出された理由は、何となくだが分かる。きっとイリアは、『秦安』の皇帝が弟のことを探っているのかどうか、知りたくなったのに違いない。

特殊化学研究所に到着すると、アーロンは顔を確認されただけですんなりと中に入る。覚えられているのもあるが、人獣兵が警護しているので安心しているせいか、警戒は緩かった。

イリアの執務室に向かおうと思ったら、中庭に案内された。そこで繰り広げられていたのは、人獣暗殺部隊の訓練だった。

恐ろしいことに、暗殺部隊のほとんどは秦安軍の兵士ではない。ついにイリアは、ミラン軍の兵士を使い始めたのだ。異国の人間なら警戒するが、同国の人間だったら警戒は少ない。暗殺も容易く行える。

けれど無表情で、土気色の顔をした同胞を見ているのは辛い。彼らにも家族がいることを思うと、たまらなく不愉快な気分だった。

何でこんなものをわざわざ見せるのだろう。自分に従わない者は、この暗殺部隊に消されるぞと脅すのが目的だろうか。

アーロンはイリアの横に立つ男に気付いて、思わず足を止めてしまった。

あれが瑛蓮の言っていた、羽秀皇子の変わり果てた姿なのか。

簡易式の木綿の服を身に着けているが、どことなく他の人獣と違って気品がある。黙って立つその姿には、知性まで感じられた。

けれど首には、犬がするような首輪を填めている。アクセサリーとでも思えばいいのだろうが、羽秀の雰囲気には似合っていなかった。

「アーロン・ミシュレー少尉、まいりました」

敬礼をすると、イリアはにこやかな笑顔を向けた。

この男は、笑っている時が一番危険だ。特に作り笑いをしている時は、油断がならない。アーロンは緊張して、イリアの言葉を待った。

「最近は報告が少ないな」

笑顔のまま、ちくっと嫌みめいた言い方をしてくる。

「秦安軍も警戒が厳しくなっていて、情報を取りにくくなっております。私の使っている密偵の身分がばれそうになったので、今は身動きが取れません」

「皇帝が、何か言ってきたようだが」

「……」

アーロンは気付かないふりをした。するとイリアは、早口で一番知りたいだろうことをさらっと口にする。

「誰がここに帝の弟がいると伝えた？」

「遺体が回収されなかったことで、疑われたのかと思いますが」

「それだけか？　少尉、情報を流したのではないか？」

「いえ、私からは一切何も流しておりません」

「皇帝は弟の遺体が欲しくて、停戦を持ちかけたのではないだろうな」

「……」

その時アーロンは、不思議に思って即答が出来なかった。

イリアの様子がどこかおかしい。切れ者の少佐ともあろうものが、人獣ごときのために冷静さを失っているように感じられたのだ。

「停戦の話など、どこからも出てはおりませんが？」

疑われないためにも、アーロンはイヴァンが停戦のために働きかけたことなど、一切知らないふりをした。

「弟を取り戻すために、躍起になっているようだが」

「どこからの情報ですか？」

逆にアーロンが問いかけると、イリアは眉を寄せた。

情報が入ったわけではないのだ。イリアはただ探りを入れてきているに過ぎない。

イリアはこの人獣を奪われることを、恐れているように感じられる。もし瑛蓮という羽秀皇子のかつての恋人が、その命を狙っていると知ったら、イリアのことだ、間違いなく瑛蓮を殺すだろう。

「これは帝の弟ではないと、情報を流せ……」

突然のイリアの命令に、アーロンはますます自分の疑いが真実だったと確信を深めた。

「帝の弟に似ているというだけだ」

側に控える人獣を振り返り、イリアは抑揚のない声で言う。けれどどんなに冷静に見せようとしても、心の乱れは隠しようがなかった。

「いっそその人獣を、皇帝に送り届けたらどうですか？」

思い切ってアーロンは、とんでもない提案をしてみた。するとイリアの顔色が、みるみる変わっていくのがはっきりと分かった。

「以前はどんな身分だったにしても、今はただの獣だ」

アーロンはそれが秦安王朝の皇子だという、真実を知っている。それをイリアは、口止めさせたいのだろう。

そこまで執着するには、理由があるのだろうか。

そこでアーロンは、じっくりと羽秀を見つめた。

瑛蓮のかつての恋人だと思うと、内心は複雑なものがある。正気だった時の羽秀が、どんなに素晴らしい男だったかは、容易に想像が付いた。こんな男に守られ、愛されていたのだ。新たな恋人を見つける気持ちにはそうそうなれないだろう。

だが羽秀は死んだ。ここにいるのは羽秀の体だけだ。

ところがその体だけの存在に、異常に執着しているイリアがいる。

アーロンの視線は、不躾にも羽秀の股間に向く。粗末な木綿の服を通して、その下にある立派なものの形がぼんやりとだが分かった。

羽秀と寝ているのかと、アーロンは疑う。アーロンの視線の意味に気が付いたのか、イリアは羽秀を守るように視線の先に立ち塞がった。

「何を見てる?」

大切なおもちゃを奪われそうになった子供のようなイリアの様子に、疑いは確信に代わり、アーロンの全身を悪寒が襲った。

どんなに美しくても、これは一度死んだものだ。獣に等しい品性しかない、肉体を持った幽霊だろう。そんな相手と抱き合えるのかと、アーロンはあまりのおぞましさに羽秀から視線を外した。

「いいな、少尉。『秦安』に情報を流せ。皇帝に余計な関心を持たれるのは困る。人獣兵器のことをこれ以上探らせるな」

イリアはそれだけ言うと、アーロンに下がれと命じた。

アーロンは表情のない暗殺部隊をちらっと振り返りながら、内庭を出て行く。

「冗談じゃない。いずれは死人で、自分のハーレムでも創るつもりなのか」

バイクの元に辿り着くと、アーロンは吐き捨てるように呟いた。

それにしても羽秀は、何と罪作りな男だろう。『秦安』の皇帝は、羽秀が奪われたことで激昂して、戦意を高揚させている。瑛蓮は未だに羽秀への愛で苦しんでいて、さらにイリアまでもが羽秀に取り憑かれていた。

すべての元凶は羽秀にあるように思えるが、羽秀自身には何の罪もない。

むしろ一番の被害者は、人ではないものにされてしまった羽秀達だろう。彼らに死を与えることは、むしろ救いだとアーロンには思えた。

瑛蓮に知らせず、羽秀を殺す方法はないものだろうか。イリアの性具となってしまったことなど、とてもアーロンは伝えられない。恋敵といえども、羽秀に対して同情しか感じられなかった。

重い気持ちのまま、アーロンは走り出す。イリアに命じられたことなど、実行する気はさらさらなかった。

建国二〇一二年

『ミラン』の首都ガラシアの外れは、『秦安』からの攻撃を受けて荒廃していた。

かつてはその美しさで人々を魅了した、水鳥の神殿と呼ばれていた遺跡は、砲撃を受けて半分瓦解(がかい)している。

女神の石像は無事だったが、なぜか顔の部分に汚れが滲み出てきていた。それがまるでこの終わらぬ戦況を嘆いているように見えたから、戦争の終わりを願う人々が毎日訪れ、新たな巡礼地となっていた。

神殿に向かう老若男女の群れに紛れるようにして、フード付きの鹿革の長マントを着た瑛蓮が歩いていく。足に履いているブーツは土埃(つちぼこり)で汚れ、かなりの距離を歩いてきたことを物語っている。息も乱れているのか、時々肩が揺れていた。

遺跡を見に訪れる人達のためにあったホテルは、どこも巡礼者で溢れている。そのため戦火を逃れて疎開(そかい)した人々の家が、今ではホテルになっていた。そんな中の一つ、元は男爵家のものだった古びた邸宅に男は入っていく。

「ご宿泊ですか?」

かつては華やいだ貴族達をゲストとして出迎えたホールでは、執事の正装をした、顔色の悪い老人がただ一人で瑛蓮を出迎えた。

「３０３号室……」

「どうぞ……こちらに」

老人はかつてはクロークだった場所に瑛蓮を案内し、小さな机から鍵を取り出すと手渡した。

「朝食をご要望でしたら、ドアノブに札を下げておいてください」

「ありがとう……」

瑛蓮は鍵を手にして、洒落た鉄製の手すりがついた、螺旋階段を上っていく。そして部屋に入った。コートを脱ぐと、黒髪の美しい若者の姿が、部屋に置かれた古びたドレッサーに映った。

切れ長の美しい目をしている。男にしては顔の造りがすべて優しげで、女性的な美しさを秘めていた。その横顔は、荒んだ世を嘆き、涙している水鳥の神殿の女神にもどこか似ていた。

紫色の瞳が、じっと自分の姿を見つめている。と、思ったら、瑛蓮は鏡に近づき、目から紫色のコンタクトレンズを外してしまった。

黒髪、黒い瞳、色白ではあるが、その容貌は『ミラン』にとっては敵国となる、『秦安』の人間のものだった。けれど服は、ミランの庶民の若者が着ているようなありふれたものだ。カラーが高い白のシャツ、首に巻かれた柔らかなタイと、ベストのついたスーツだ。

二年以上こんな格好をしていると、自分がどこの国の人間か時々分からなくなってくる。そして自分が誰なのかも、分からなくなりかけていた。

瑛蓮は窓に近づき、重たい織物生地で作られたカーテンを開き、ガラス窓も大きく開いた。

神殿が思わぬ近さに見える。

時間は夕方に近づいていたが、巡礼は途切れることもなく、女神像にはライトが当てられていた。

神官だろうか。古い『ミラン』の言葉で、朗々と神を讃える声が響く。

「待たせたな」

静かにドアが開いて、軍服姿のアーロンが入ってきた。そういえば軍服以外のアーロンの姿を見たのは、あの別荘でのパジャマ姿だけだ。スーツを着たら似合いそうなのにと、瑛蓮はしばらくアーロンをじっと見つめていた。

「いつから来てる？」

「今……来たばかりです。アーロン」

「瑛蓮……今回の情報は？」

「それより盗聴は大丈夫ですか？」

「ここはもっとも安心出来る場所だ」

「それでも不安だ。とりあえず筆談にしましょう」

黒髪の美しい男李瑛蓮は、ノートを取り出し食事用のテーブルの上に置いた。

「その前に、シャワーを浴びろよ」

アーロンは、じっと瑛蓮を見つめて命じる。瑛蓮はそれにすぐ応じず、二人の間に気まずい沈黙が流れた。すると外のざわめきが、やけに大きく聞こえてくる。アーロンは窓に近づき閉じると、カーテンも閉ざした。

「今更、拒むつもりか？」

薄暗くなった部屋では、互いの表情を見ることは出来ない。けれどアーロンには、瑛蓮が躊躇しているのがはっきりと感じられた。

「こんなことをするのに、まだ意味があるとお思いですか？」

「それが条件だっただろう、瑛蓮」

「でも、少尉、あなただって、同じように疑問に思っている筈です」

「どうしてそう思う？　俺はそんなに綺麗な人間じゃない。獣のように、欲望には素直に従う」

「嘘だ……あなたは……」

瑛蓮はさらに何か言おうとしたが、アーロンが近づいてきて、無理矢理(むりやり)瑛蓮のタイを引き抜いた。

「この俺が、下士官のように靴まで脱がせてやらないといけないのか」

「自分で……やります」

ついに諦めたのか、瑛蓮は自ら上着を脱ぎ、シャツの袖のボタンを外し始めた。

「そちらからの情報は？」

ブーツを脱ぎながら、瑛蓮は訊く。

「盗聴が怖いんじゃなかったのか？」

「そうでしたね……」

瑛蓮はため息を吐くと、脱いだブーツを揃えて置く。そしてスリッパも履かずに、バスルームへと向かった。

アーロンはその後ろ姿を、鳶色の瞳でじっと見送っている。

もうこんな関係を続けたくないと、瑛蓮は思い始めている。このままいったら、いつかアーロンに本気で惹かれてしまいそうだった。それが何より瑛蓮は怖いのだ。

愛していた羽秀を失った。一度失っただけでなく、もう一度失わないといけない。

あんな思いは、もう二度としたくない。こんな危険な任務を二人とも続けていたら、いずれどちらかが死に見舞われるだろう。そうなった時に、傷付くのはどちらも同じだ。

なのにアーロンに求められて、嬉しい自分がいる。抱かれている時だけは、生きている実感があった。アーロンの逞しい腕に包まれていると、時折自分の立場を忘れられた。

このままでは本気になってしまう。

それは羽秀に対する、裏切り以外の何ものでもなかった。

クラシカルなアイアンベッドは、手を縛り付けるのにちょうどいい。全裸の瑛蓮は、革製の細紐(ほそひも)で両手をベッドに括(くく)り付けられていた。

アーロンは、そんな瑛蓮の姿を、着衣のままじっと見下ろしている。

「いいか……これは、敵国の人間に対する拷問だ」

「分かっています……情報の取引のために、体を差し出してるんじゃない。あなたは『ミラン』に紛れ込んだ『秦安』の人間を見つけて、尋問しようとしているだけなんだ」

そういった約束は、最初の時から出来ていた。もしここに『ミラン』の兵が踏み込んできても、アーロンは敵を陵辱するという形で、尋問の答えを引き出そうとしていたと言い逃れが出来る。

瑛蓮には、剝奪されるような階級はない。失うのは命だけだ。

けれどアーロンは、少しでも敵側に有利なスパイ行為をしたと疑われたら、階級をすべて剝奪されてしまう。

そうなっては困るのだ。アーロンはミラン軍の陸軍特殊部隊少尉であり、国のためにスパイ活動をしながら、手にした情報を元に反戦活動をも行っている、レジスタンスの二重スパイだったからだ。

軍服の上着を脱いだアーロンは、ゆっくりと瑛蓮の上に覆い被(かぶ)さってくる。

「俺に抱かれるのは、辛いんだろうな……」

下に着ていたシャツの釦を外しながら、アーロンは悲しげに言った。

「……おかしいですよ……アーロン、私の思ってることなんて、あなたは何も考える必要はないのに」

「取引のためだけに、抱かれてるのか？」

瑛蓮には答えようがない。その通りだと言えば、アーロンは満足するだろうか。

それとも偽りでもいいから、それだけではないと言って欲しいのか。

「どうなんだ、瑛蓮」

苛立った様子で、アーロンは瑛蓮の小さな乳首を強く抓（つね）った。

「あっ！」

微かな痛みに、瑛蓮の体はすぐに反応する。そして瑛蓮は、自虐的に笑った。

「体が……あなたを欲しがってるんだ。そんな答えだったら、どうです……」

「そうやってお前は、いつも逃げる。欲しいのは男のものだけか？　なら瑛蓮、捕虜になって、情報局の本格的な拷問を受けてみるといい。百人の男達が、喜んでお前をレイプしてくれるさ」

アーロンは苛立った口調で言いながら、身動き出来ない瑛蓮の体に、爪を強く食い込ませた。

「あっ……ああ……」

瑛蓮は体をくねらせて、痛みから逃れようと足掻いた。だが痛みを待っている自分がいることも、瑛蓮は知っている。もっと嬲って欲しい。痛みと苦しみを与えてくれと、瑛蓮の心は願っていた。

「いたぶって欲しいか？」

アーロンの付けた爪痕は、赤くなっている。そこにアーロンは唇を近づけながら、低い声で囁いた。

「私に……相応しい陵辱を……」

目を閉じて、瑛蓮は答えた。

「では、そうしてやる。まず、その口から犯してやろう」

アーロンは体をずらしていって、瑛蓮の目の前で、軍服のズボンの釦を開いた。そして取り出した自身のものを、瑛蓮に銜えさせる前に、ベルトに装着していたホルダーから銃を取り出し、瑛蓮の額に突きつけた。

「食いちぎるような真似は、まさかしないと思うが……」

うっすらと目を開いた瑛蓮は、虚ろに笑う。

銃を突きつけられなくても、期待には応えられるのにと思ったが、あえて今更伝える必要はないだろう。この間会った時のアーロンの優しさを思えば、今日のアーロンのすることは、どこか芝居がかって見える。盗聴を疑って、あえてそれらしく振る舞っているのかもしれない。

唇を開いた。そしてアーロンを迎え入れる準備を整えるために、舌で唇を自ら濡らした。

情報を手に入れるためなら、何でもする。百人に犯されても構わないが、ただ命だけはどうしても惜しい。瑛蓮には任務があるからだ。それを成し遂げたら、いつ死んでも構わない。むしろ死は、望ましいくらいだった。

アーロンのものが、口中を犯すのを待った。ところが銃が取り除かれ、アーロンが再び体を下げた

と思ったら、瑛蓮は唇に優しいキスをされていた。

「瑛蓮……」

耳元に口を寄せて、アーロンは囁く。

「おまえの言うとおりだ。こんな茶番はもう止めよう。いっそ俺と……逃げないか?」

「……何を言ってるんです?」

「一緒に、逃げよう……愛してるんだ、瑛蓮」

「アーロン……それは……あり得ない」

「目的を達したら、死ぬ気なんだろう。そんなことは、させたくない」

突然のアーロンの告白に、瑛蓮は混乱した。

愛なんて言葉がアーロンの口から出てきたことが、まだ信じられない。

「なぜ……」

「理由なんて必要か?」

「だってそうでしょう? なぜ私を……」

アーロンはじっと瑛蓮を見つめる。その鳶色の瞳の中には、不安気にしている瑛蓮の顔が映し出されていた。

「過去に縛られるのは、もう止めろ。帝の命令に忠実に従ったところで、瑛蓮の心が平和を取り戻せるとは限らない。いっそ何もかも捨てて、俺と……別の世界で生きないか?」

「そんなつもりで、私はあなたに抱かれてきたんじゃない」

吐き捨てるように言った瑛蓮は、これ以上アーロンを見ないで済むように、わざと顔を背けた。

「そうだな。瑛蓮にとっちゃ、俺はただの情報屋でしかないんだろう。だが俺は……瑛蓮、新しい世界で、おまえと生きたい。俺は、瑛蓮を幸せにしてやりたいんだ」

「無理です」

どんなにアーロンが、真剣に愛してくれたとしても、瑛蓮は幸せにはなれない。

いや、なってはいけないのだ。

罪悪感という枷(かせ)は、ベッドに手を括り付ける革紐よりもはるかに強く、瑛蓮を拘束している。過去が消えない限りは、瑛蓮に未来はないのだ。

バスローブ姿の瑛蓮は、ドアノブに朝食希望の札を下げる。

一年前から、この札が変わることはない。

３０３号室、朝食希望。それだけ書かれた木の札には穴が開いていて、そこに細い革紐が通されているのだ。

情報を得るために、アーロンと関係するようになって一年。何度こうしてこの札を、ドアノブに引っかけただろう。もう新たに何も書かなくても、明日の朝に届けられる朝食は、パンと紅茶とミルク、そしてオレンジとソーセージと決まっていた。

情報を交換したら別れる。次に会うのは、早くて二週間後、時には一ヶ月会わないこともある。

そうやって一年、お互いに探り合いながらやってきたのに、今夜のアーロンはどうかしている。

いきなりおかしなことを言い出されて、瑛蓮の心は揺れていた。

アーロンは裸のまま椅子に座り、バッグから取り出したチーズを切り始めた。それが終わると、二つのグラスにワインを注ぐ。

「瑛蓮、俺は本気だ。一緒に、逃げよう」

ワインを勧められて、グラスを受け取った瑛蓮は、悲しげに首を横に振った。

「それよりアーロン。まだ必要な情報を貰っていません。羽秀様の行方は、分からないのですか？」

陸軍特殊部隊所属のアーロンが、未だに何も知らない筈はない。なのにアーロンは、決して瑛蓮に羽秀のことだけは教えてくれなかった。

なぜなのだろう。

もしかして瑛蓮が羽秀を討った後、死ぬことを予想して、わざと教えてくれないのだろうか。

そんな気がした。

「アーロン、私は、羽秀様を討たないと自由にはなれません……」

「そんなことは分かっている。何度も、愛しい羽秀様のことは聞いた。だが瑛蓮、責任はお前にあるんじゃない」

「いいえ……私を庇わなければ、羽秀様に逃げるチャンスもあったと思います」

今でも忘れない。瑛蓮を抱いたまま、冷たくなっていった羽秀のことを。

けれど愛しているという気持ちは、忘れなければいけない。

そうしないと、羽秀を殺すことなどとても出来ないだろう。

「そうしていつまでも自分を追い詰めていても、何も始まらないぞ」

アーロンはワインを一息で空けると、瑛蓮をじっと見つめる。

「今日は、どんな情報を戴けるのですか？　盗聴の心配はないと思っているのなら、この場で教えて下さい」

「……そっちの情報は？」

「教えたら、そちらも答えてくれますか？」

「ああ……」

「『秦安』の科学者が、人獣に有効な薬液を開発しました」

瑛蓮の一言で、アーロンの顔つきが変わった。

「何だって！」

「これもアーロンの協力があったお陰です。前回戴けた人獣の少量の血液サンプルが、すべてのヒントを含んでいたようです」

アーロンが誠実であることは、瑛蓮もよく分かっていた。

戦争を一日も早く終わらせたいというアーロンの思いは本物だろう。そうでなければ、危険を冒して人獣の血液サンプルなど盗み出してはくれない筈だ。

そこまでしてくれたのは、アーロンが瑛蓮に想いを寄せているためだろうか。

そう考えるのは単なる自惚(うぬぼ)れかと思ってきたが、告白を聞いた後では、瑛蓮の思いは複雑だった。

「どういう薬液だ」

「お見せします」

瑛蓮は椅子から立ち上がり、クロゼットにしまわれた革のロングコートのポケットを探る。

中には特別製の銃と、それにセットする薬液の入った注射器があった。

「人間には無害ですが、人獣には有害なウイルスです。どれだけの効果があるのか、まだ実験結果は出ていません」

「そうだな。生体実験が出来るものでもないし」

「私が……その役目を果たします」

「それで羽秀を撃つつもりか？　もし効果がなかったら、どうするつもりだ」

「普通に銃撃しただけでは、人獣は死なないのでしょう？」

「すでに死んでいる者だ。やつらに死はない。ただ壊れて、使用不能になるだけだ」

アーロンはまたワインを飲み干し、苦々しげに呟いた。

「このウイルスは、人獣の血液を腐らせます。うまくすれば、他の人獣がその腐った血液に触れただけで、感染する可能性もあるんです」

死者を蘇らせていたのは、魔法の血液だった。その成分がすべて分かったわけではないが、腐らせる方法だけは分かったのだ。

「私は、我が軍の重要機密を明かしました。ですからアーロン、知らないとは言わせません。羽秀様の居場所を教えてください」

瑛蓮が迫ると、アーロンは再びベッドに潜り込んでしまった。

「アーロン！　なぜ話してくれないんです」

「怒るな、瑛蓮」

アーロンは両腕を組み、そこに頭を乗せて寝転がる。

しばらくじっと天井を見上げていたが、ついに重い口を開いた。

「瑛蓮、今から話すのは、お前が愛した男のことじゃない。皇子の羽秀はもう死んだ。俺が知っているのは……イリア少佐が飼っている、ペットのことだ」

「ペット……」

「イリア・オードマン。特殊化学研究班の責任者だ。彼は職権を利用して、人獣を自分の警護用に使っている。その中に……羽秀らしきものがいるんだ」

「でも、ペットって……」

「そうだ。そう呼ぶしかない。あれはイリアにとって特別らしい。愛玩されているのは確かだ」

犬のように愛玩されているというのか。

そんなことは想像したくもない。

だからアーロンは、羽秀のことを知っていても黙っていたのだろうか。

「人獣を簡単に破壊できるものが出来たから、こうして話す気になったんだ。ただ撃ち殺すだけだったら、瑛蓮には出来ないだろう」

「どうしてそう思うんです」

「瑛蓮は彼を獣として見られないだろう？　人の形はしていても、話すことはない。ただ主人の命令に忠実に、命じられたことをするだけだ。しかも電磁鞭で強度の刺激を与えないと、命じられたことの意味もすぐには理解できない。そんなものでも、形は人だ」

アーロンは両手を頭の下から抜き、そのまま顔を覆った。

「瑛蓮が……羽秀を愛していたことは、よく分かっている。何度も、羽秀の話は聞かされたからな」

「アーロン……」

「だから言えなかった。魂はもうない。ただの肉体だけだといっても、あの姿を見たら瑛蓮の心は揺れるだろう。愛していた男が、無様な獣に変わり果てた姿など見たいか？　見たくはないだろう？」

「俺が羽秀を撃つ。それでも同じことだ。いいだろう？」

「いいえ。私が撃ちます」

それが真を示すことだと、瑛蓮は今でも思っている。

愛していた。だからこそ、羽秀を自分の手で救いたかったのだ。

「私をそんな弱い男だと思わないでください。羽秀様のためにも、本当の死を与えるべきなんです。私はやります。やれますから」

ここでまた泣くのは、もう許されない。新たな涙を流せるのは、まだずっと先のことだ。

今はただ、自分の勇気を信じるだけだった。

「瑛蓮、ではこうしよう……。いつものように、二人で朝食を食べる。それが終わったら、髪をもっと明るい色に染めろ。そうしたら、私の部下ということで、研究所に連れて行く」

「アーロン、いいんですか？　そんなことをしたら、あなたにも危険が及ぶかもしれないのに」

「俺の役目は終わった。秦安が人獣を倒せるものを開発したなら、軍部の読み違いもいずれはっきりしてくるだろう。そうなったら、レジスタンスは反戦の狼煙を堂々と上げられるし、軍部の中にもイリアのことを疑っている人間はいるから、追い出すいい口実になるだろう」

だがミラン軍が、そう簡単に裏切り者のアーロンを許す筈がない。

アーロンもまた死ぬ気だと、瑛蓮は感じた。

「そこまでしてくださらなくても結構です。私は、一人で研究所に忍び込みますから」

「それは無理だ。研究所の周りは、人獣が警護している。やつらの強さは半端じゃない。見つかったら、ただちにその場で八つ裂きだ。羽秀の元まで辿り着けなかったら、何の意味もないだろう？」

「ですが……アーロンにはこれまでずっと協力してもらいました。それだけでもう十分です」

羽秀を上手く撃てたとしても、その後、無事に逃げ出せるとは瑛蓮も思っていない。すぐに射殺されるか、それこそ人獣に八つ裂きにされるだろう。

それでも構わないと、瑛蓮には覚悟があるが、アーロンを巻き込むことは出来なかった。

「あなたを死なせるわけにはいきません」

瑛蓮の言葉に、アーロンは笑う。

こんな場面なのに、その笑顔は爽やかだった。

「俺は、そう簡単に諦めるような男じゃない。瑛蓮を連れて、逃げ延びる気でいるんだがな」

「それは難しいと思いますが」

「じゃあ瑛蓮、もし無事に連れ出したなら、秦安には戻らず、俺と一緒に逃げるか？」

「……」

「約束してくれ」

アーロンは手を差し伸べてきて言った。

「おいで、瑛蓮。いいさ。答えは急がない。どっちにしろ、これで何もかも終わりになるんだ。俺を、愛せないならそれでもいい。せめて今夜だけは、俺のために優しい恋人のふりをしてくれ」

「アーロン……」

愛しているとは、今は言えない。

けれどアーロンの真摯な気持ちに、瑛蓮の心は大きく揺れていた。

髪を明るい茶色に染めた。そして紫色のコンタクトレンズをしてしまうと、瑛蓮は完全にミランの兵士のように見えた。

「この軍服を着てみろ。サイズは合う筈だ」

今朝方、ホテルに届けられた軍服をアーロンは示す。下士官の制服は瑛蓮には少し大きめだったが、どうにかそれらしく着てみせた。

「入り口でチェックされるかもしれない。軍人証だ」

それだけではない。ミラン軍の兵が使う銃まで用意されていた。アーロンはすでにこの日のために、何もかも用意を整えていてくれたのだ。

「もうここに来ることはないんだな」

アーロンはブーツを履きながら、ぽつりと呟く。

二人の密会の場所、情報交換の場ではあったが、愛を交換する場所でもあったのだ。

「アーロン、これまで本当にいろいろとありがとう」

瑛蓮は感謝を込めて、深々と頭を下げる。

「よしてくれ。これは終わりじゃない。今からが、新しいスタートだ」

あくまでもアーロンは前向きだ。それがせめてもの救いだった。

「いいか、何があっても狼狽えるな。チャンスは一回だ。イリアの部屋に踏み込む。やつの部屋には、あの男もいる。俺達が銃を向ければ、あの男はイリアを守るために立ち塞がるから、そこで迷わずに撃て」

アーロンはもう決して羽秀の名を口にしない。あの男としか言わなくなっていた。

そこにはアーロンが、瑛蓮を奪っていこうとする決意が感じられる。

「瑛蓮」

着替え終えた瑛蓮を引き寄せ、アーロンはじっと目を見つめて言ってきた。

「もう一度言う。約束してくれ。もし無事に逃げ延びたら、瑛蓮の命を俺にくれ」

「……アーロン……」

「死んだら何もかもなくなる。どうせいらないものなら、俺に預けて欲しい。生き続けるのは辛いだろうが、いつかきっと……生きていてよかったと思えるようにしてやるから」

「どうして……そこまで……」

「一年だ……一年もの間、俺達は特別な関係だった。その間に、俺の気持ちも育っていたが……瑛蓮、お前は気がつかないふりをしていたな」

アーロンの顔が近づいてきた。

そのままキスになる。

瑛蓮は目を閉じ、アーロンの体に腕を回して、情熱的にキスを受けた。

とうにアーロンの気持ちには気が付いていた。けれど瑛蓮は、自分が死ぬ身だと思っていたから、応える気にはなれなかったのだ。

「李瑛蓮は、ここで一度死ぬ。だが生き返っても、瑛蓮は人獣になるわけじゃない。新しい人間に生まれ変わるんだ。俺も……同じように生まれ変わる。軍人として、『秦安』に敵対するのは止める。俺の敵は、このくだらない戦争だ」

アーロンは熱く決意を語り、さらに強く瑛蓮の唇を貪った。

神殿から鐘の音が聞こえる。

荘厳な鐘の音は、二人の未来を祝福しているのか。

それとも鎮魂の鐘なのか。

「行こう」

まだ未練がある様子だったが、アーロンは瑛蓮の体を引き離し、ドアに向かった。

もう二度と、ここで朝食を摂(と)ることはないのだろうか。

神官の祈りの声、鐘の音。いつも聞いていた心休まるものは、二度と聞くことはないのだろうか。

二人は押し黙ったまま、螺旋階段を下りていく。いつものように、男はクロークで佇(たたず)んでいる。そこで鍵を渡し、アーロンは支払いを済ませた。

「お気をつけて、いってらっしゃいませ」

元からこの邸の執事だったのか、慇懃に挨拶して男は二人を送り出す。

外に出ると、青い空に水鳥の群れが過ぎったのが目に入った。

「あれは吉兆だ……」

白い水鳥は、神殿に向かって飛んでいる。その様子を見て、アーロンは呟いた。

バイクのエンジンを掛ける。すぐに後ろに瑛蓮が乗った。そのまま二人は研究所に向かう。

瑛蓮はアーロンにしがみ付きながら思った。もしここで瑛蓮が死んでも、同じように平和を願う者達が、その遺志を継いでいつか戦争を終わらせてくれるだろう。そう信じれば、もはや死は怖くない。

研究所が近づいてきた。鉄条網が周囲に張り巡らされている。けれど警戒のための兵の姿は少なく、歩兵が巡回している様子もない。

まだ走っているバイクの後ろから、瑛蓮は思わずアーロンに訊いていた。

「警戒が緩いようですが」

「人獣兵を使ってるからさ。やつらは鼻がいい。鉄条網を乗り越えて侵入すれば、すぐに見つけてやってくる」

「空爆すればいいのでしょうか」

「研究施設は地下だ。『秦安』の持っている爆薬程度では、建物の上層部を吹っ飛ばすのが精一杯だ。総攻撃をかけるつもりなら、一個師団が必要になるだろう。それぐらい人獣兵は最強だ」

国境から離れたこの場所まで、地上部隊一個師団を送り込むとなったら大変だ。ここに辿り着くまで、何度も戦闘が行われることになってしまい、秦安軍が受ける被害も甚大になる。

やはりここは単身乗り込むしかないのだ。

瑛蓮は軍服の内側に隠した、十五個のウイルス入りの注射器を確認する。たった十五人の人獣兵しか撃てない。

ウイルスが人獣兵に有効かどうか、確かめる前に自分が八つ裂きにされそうだった。

「いずれ『秦安』の兵の死体だけでは足りずに、自国の人間まで使うようになるだろう。現に暗殺部隊は自国の人間だ。それが俺は恐ろしい」

アーロンの言葉に、瑛蓮は頷く。

ここ最近の戦闘では、『秦安』の兵の遺体の回収は早い。持ち去られることを警戒しているのだ。そうなるといずれは、ミランの兵を使うようになるのは明らかだ。

そんなことをされたら、遺された家族はどう思うだろう。名誉の戦死どころか、死んでからも戦わされるのだから、たまらなく辛い筈だ。

そして『秦安』の兵にも家族があり、同じような辛さを味わっているんだと、『ミラン』の良識ある人々は気が付くのだ。

自分達の国がしていることが、人道を外れた恐ろしいことだったと分かった時、いったいどれだけの人間がこの戦争に意味を見つけ出せるのだろう。

だが反戦の気持ちを抱いても、軍部が支配している世界では、どう逆らうことも出来ない。

門が近づいてきた。アーロンはバイクの速度を落とし、警備兵に向かって叫んだ。

「アーロン・ミシュレー少尉だ。オードマン少佐に、至急伝えたい機密事項がある」

階級章を確認するまでもなく、警備兵はアーロンを通した。この研究所を訪れる人間は限られている。アーロンはそのうちの一人だったから、何も疑われることがなかったのだ。

「少佐はどちらに？」

研究所に入った途端、アーロンは急いだ様子で警備兵に尋ねる。

「ただいま執務室におられます」

「そうか……機密事項だ。案内はいい」

足早に二階の執務室に駆け上がるアーロンを、警備兵は疑う様子もなかった。

後をついていきながら、瑛蓮の心臓は激しく高鳴り出した。

羽秀がいる。

二年かけて探し続けた羽秀が、ここにいるのだ。

だがそれは愛しい羽秀ではない。

ただの亡骸だ。

「いいか、落ち着け」

執務室のドアの前に辿り着くと、アーロンは確かめるように瑛蓮の顔を覗き込んだ。

「はい、大丈夫です」

瑛蓮は特別製の銃に、ウイルス入りの注射器をセットした。

「失礼します。アーロン・ミシュレー少尉であります。至急、お伝えしたい情報がありまして」

アーロンはドアを開き、室内に踏み込んだ。

続いて瑛蓮も入る。

その瞬間、時間が停止したかのように思えた。

羽秀がいる。

しかもあの日と、何ら変わらない姿で。

羽秀は上半身裸だ。なぜそんな格好をさせられているのだろう。しかも首には、犬にするような首輪を着けられている。

肌の色は悪かったが、決して不健康そうには見えない。相変わらず逞しく、美しい肉体を誇っていたが、よく見るとその体には、小さな傷跡が幾つかあった。

「羽秀……」

思わずその名を呼んでしまった。

何の感情もないように思えたのに、名前を呼ばれた瞬間、羽秀が微笑んだように瑛蓮には見えてしまった。

これは本当に亡骸なのか。

人獣に魂がないというのは間違いで、羽秀はただ記憶をなくしているだけではないのか。

疑いの気持ちが湧き上がり、瑛蓮の銃を持つ手は震えた。

けれど羽秀が、瑛蓮のことを思い出した様子はない。それともイリアの手前、気付かないふりをしているだけだろうか。

瑛蓮はますます混乱し、全身の震えを抑えることが出来なくなっていた。

「少尉。何の報告だというのだ。その後ろで震えている下士官、そいつは何者だ。階級と名を名乗れ」

椅子に座って書類に目を通していたイリアは、射るような眼差しで瑛蓮を見つめる。

「羽秀っ！」

瑛蓮はやはり優秀な軍人にはなれなかった。

この土壇場で、愛しい男の名前をついに叫んでしまったのだ。

すると羽秀は、さっきのように微笑むこともなく、物憂げな表情を浮かべて瑛蓮を見つめる。

「思い出して、羽秀」

瑛蓮を見つめる羽秀の瞳は、赤みを帯びている。

美しい黒い瞳ではない。

けれど瑛蓮には、その瞳の奥で何かが揺れたような気がした。

「少尉……そういうことか……。反逆者というものは、思わぬところから湧いてくる。ハシュー、あの男を殺せ」

イリアが言うより早く、アーロンは銃でイリアを狙う。けれどその前に、羽秀が素早く立ち塞がった。

「瑛蓮、今だ、撃てっ」

「……」

撃たなければ、アーロンが殺される。そう分かっていても、瑛蓮には出来ない。

もっとおどろおどろしい魔物に変身させられているのかと思った。

なのに羽秀の姿は、僅かに変わっているだけだ。

「何してる、瑛蓮」

アーロンは銃を構え、瑛蓮を援護している。

今なら撃てる。

なのに撃てない。

「ハシュー、行け」

ところが命じられた羽秀も、なぜかその場を動かなかった。

理由ははっきりしている。羽秀が動けば、イリアがアーロンに撃たれるからだ。

おかしな睨み合いが続いた。

そうしているうちに、瑛蓮は背後に別の気配を感じて、銃口をそちらに向けた。

肌色の悪い半裸の兵が、もの凄い速度で近づいてくる。その口は開いていて、牙のようなものが見えた。

瑛蓮は迷わずに撃つ。ところが撃たれても何も感じないのか、そのまま突き進んできた。

「瑛蓮！」

アーロンは襲いかかる人獣兵を撃った。銃撃には一瞬怯むが、すぐにまた体勢を直して近づいてくる。

やはり失敗だった。

迷いがすべてを壊したのだ。

瑛蓮は新しい弾を装填し、再び襲いかかる人獣兵を狙って撃った。落ち着いて心臓を狙った。見事に弾は命中したが、それでもまだ倒れることはない。

「瑛蓮、逃げろ」

人獣兵はアーロンには目もくれず、瑛蓮に襲いかかろうとする。

その時、信じられないことが起こった。羽秀が飛び出してきて、人獣兵を殴り倒したのだ。

「お、覚えていてくれたんだ、羽秀」

羽秀は頭を軽く振る。自分のとった行動が、おかしいと感じたようだ。

「私が誰か、思い出して、羽秀……」

ところが羽秀は、瑛蓮の声を聞かず、イリアがもう撃たれないと思ったからか、今度はアーロンを攻撃し始めた。

瑛蓮を守ろうとしていたアーロンは、銃撃のチャンスを逃し、簡単に羽秀に羽交い締めにされてしまった。

恐ろしい力で、羽秀はアーロンを締め付ける。アーロンは必死でその腕を振り解こうとしたが、無理だった。

「羽秀、やめて、やめてくれお願いだ」

銃口を羽秀に向けながら、瑛蓮は涙を流して訴える。

「思い出して、羽秀。自分が皇子だったことを。魂をどこでなくしたんだ、羽秀。アーロンを殺さないでっ」

羽秀の体に縋り、瑛蓮は泣き叫ぶ。

「お願いだ、アーロンを殺さないで。殺すなら、私を先にしろ。羽秀、この瑛蓮から殺せばいい。アーロンは駄目だ。彼は……今の私にとって大切な人だから、お願い……殺さないで」

瑛蓮の願いは伝わったのだろうか。

羽秀の動きが止まった。

摑まれていた腕から逃げ出したアーロンは、激しく咳き込みながらも、銃を再び構える。

「瑛蓮、逃げるぞ。ここで死ぬわけにはいかないだろ」

アーロンは瑛蓮の手を引いて、走り出そうとしたが、瑛蓮は動けない。

犬を撃ったという、アーロンの言葉が蘇った。

苦しむくらいなら、いっそ死を与えたほうがいい。

アーロンの父はそう教えたのだ。

非情のように思えるが、治る見込みがなければ、平安を与えるのも慈悲だと教えたかったのだろう。

「私は、狩人にも兵士にもなれない」

呆然といった感じで立ちつくす羽秀が、すぐ近くにいる。

永遠の死を与えるチャンスなのに、やはり殺すことはもう出来なかった。

その時、羽秀に殴り倒された人獣兵が、いきなり血を吐き出した。その血の色はどす黒く、嫌な臭いがした。

「瑛蓮」

その時、銃声が響き、アーロンはうっと呻いて右肩を押さえる。

イリアが銃を手に笑っていた。

「ハシュー、仲間を攻撃するとは何事だ。さっさとその二人を始末しろ」

けれど羽秀は動かない。

何も分からないといった顔をして、突然、ふらふらと歩き始めたのだ。

「ハシュー、何をしているっ。戻れっ！」

羽秀は頭を押さえながら、獣のような咆哮(ほうこう)を上げた。

「羽秀……」

戻って抱きしめたい。だが瑛蓮には、もうどうすることも出来ないのだ。

羽秀は使えないと思ったのか、イリアの銃が再び火を噴く。けれど今度は身をドアに隠して、どうにか避けることに成功した。

「行こう、瑛蓮」

アーロンは左手に銃を持ち替え、イリアを狙って撃つが、弾は大きく外れて、天井のライトを砕いた。その破片を避けるために、イリアが体をずらした隙に、二人は走り出す。

瑛蓮は普通の銃に取り替え、アーロンを助けて背後に向かって射撃を続けた。

今はもう何も考えられない。

確かなことは一つ。

ウイルスが人獣に有効なことと、人獣にも記憶があるのかもしれないということだけだ。

「アーロン、これからどっちに行けばいい！」

アーロンを支えるようにして走りながら、瑛蓮は叫んだ。

「上だ。表からはもう出られない。モーターカイトを隠してあるから、空から逃げる」

痛みに呻きながら、アーロンは屋上へと続く階段を駆け上がった。その頃には警報が鳴り響き、警護兵が集まって来ていた。

「モーターカイトは扱えるか？」

「いいえ……」

「エンジンを始動させたら、しっかり掴まって、飛び上がれ。着地地点には、仲間が助けに来てくれるから」

屋上の隅に、アーロンは駆け寄る。軍服の肩は、滲み出した血のせいで色が変わっていた。アーロンは不自由な右手で、苦労しながらコウモリの羽のような強化布のカイトに、プロペラを取り付けた。

「飛ぶんですか？」

「空軍の試作品だ。飛行距離は五百メートルが限界だ」

「二人で大丈夫？」

「一人で逃げるつもりはないって言っただろう。それより手伝え、肩が動かない」

死ぬつもりだったのに、瑛蓮はなぜか必死でここから逃げようとしていることに気が付いた。

死ぬのは最後でいい。

生きていたら、まだまだやれることがあるような気がする。

そして何より、自分のせいで怪我をさせてしまったアーロンを、この場から助け出したかった。

もう二度と、自分のために愛する者が傷つくのを見たくはない。そして出来るなら、羽秀の記憶を元に戻し、愛し合うことは叶わなくても、人として生きられるように戻してあげたかった。

屋上の入り口は、鎖で繋いである。けれどすぐに破られそうだ。恐ろしい勢いで体当たりしているのは、人獣兵だろうか。

「アーロン、私に摑まって」

モーターカイトを組み立て、エンジンを始動させた瑛蓮は、屋上の手すりに上ってアーロンに手を差し伸べた。

「しっかり抱き着いてください。私も……絶対にアーロンの手を離さないから」

体をモーターカイトに固定するベルトをセットすると、瑛蓮はアーロンをしっかり抱きかかえる。

そして勢いよく足で手すりを蹴った。

二人の体は、よたよたと空中に飛び出す。けれどどんどん高度は下がり、今にも地面に墜落しそうだった。

下から銃撃されたが、途中からモーターカイトのプロペラが勢いよく回り出し、一気に高度が上がった。

そして二人は鉄条網で囲われた研究所の外に飛び出す。

銃弾もここまでは届かないだろうと思えるほど高く上った頃、アーロンはほっとしたように言った。

「瑛蓮、約束しただろう。生きて連れ戻したらって……」

「黙って、今は、これを操縦するのでいっぱいなんだから」

「あっちに煙が見えるだろ。あそこに着地しろ」

「無理です。反対方向に向かってます」

「体の向きを変えろ……無理だな、こんな格好で俺がぶら下がってたら」

アーロンは何がおかしいのか、いきなり笑い出した。

しばらく笑った後で、アーロンは器用に体を捻（ひね）り、煙の立ち上る方向にモーターカイトを向けた。

「向きを変える。こうすればいいだけさ」

「飛んでるのが、まだ信じられません」

瑛蓮は怖々と後ろを振り返り、もう研究所が遠くなったことを改めて確認した。

「撃てなかったな、瑛蓮」

「……はい……」

「帝との約束を果たせなかった。だから瑛蓮、もう国には帰れないぞ」

「……そうですね」

「あのウイルスがどれだけ効くかは、分かるまで時間がかかる。それまでは何があっても生きないといけない。そうだろ」

もしウイルスが空気感染するようなら、羽秀もいずれ感染する。

助けたいと思ったけれど、結果的にやはり瑛蓮は羽秀を殺したことになるのだろうか。

羽秀は、なぜか瑛蓮を助けてくれたというのに。

「羽秀を助けられなかったな……殺してあげることも出来なかった」

深い悲しみが、瑛蓮を襲った。

「悩むな、瑛蓮……それよりもう少し、俺と一緒に生きよう。愛してくれとまでは望まないが、おまえを幸せにしたいと思う気持ちまでは、拒否しないでくれ」

「アーロン」

ゆらゆらとカイトは、森に近づいていく。

その先で、手を振っている人と、トラックが見えた。

「これからどこに行くんですか」

「未来だよ、瑛蓮」

そう言いながらアーロンは、肩の痛みに顔をしかめていた。

「とりあえずは、看病してくれ、瑛蓮。当分、右手は上手く使えない」

「そんなことでしたら喜んで……アーロン、忘れていませんか、私は医者だったんですから」

そうだ、もう一度、医学の道に戻ろうと瑛蓮は決意した。

命を奪うことの出来ない自分には、命を救うことしか出来ない。

そう考えることで、瑛蓮は自分を慰める。

そして治せるものなら、獣と化した人々にも、安らかな生を再び与えたかった。

アーロンはプロペラをゆっくりと停止させる。すると地上がぐんぐん迫ってきた。

これからどこに向かうのだろう。

行き先は未来。

その未来が、明るいかどうか分からない。だが苦しくても生き続けるのが、瑛蓮の命を二度も助けてくれた、羽秀の愛に報いることだった。

二人は森の外れに着地した。

アーロンは笑って瑛蓮を抱き寄せ、キスをする。けれどその顔は、すぐに痛みで歪んだ。

トラックが二人に向かって走ってくる。

アーロンは無事なほうの手を挙げて、勢いよく振った。

瑛蓮も手を振る。けれど勢いはなく、まるで誰かにさよならしているようだった。

研究所内は騒然となっていた。アーロンが裏切っただけでなく、見事に逃れたことで追跡隊が編成されている。さらにハザウェイは、瑛蓮によって撃たれた人獣兵の亡骸を前にして、次に成すべきことを叫んで指示していた。

「研究所内を直ちに消毒しろ。人獣兵は隔離。こちらに近づけるな」

重たい人獣兵を運ぶのに、いつもなら人獣兵を使うが、ハザウェイはもう瑛蓮が撃ったものがどんなものか分かっていたのだろう、決して他の人獣兵に触らせることはしなかった。

「少佐……大変なことになりました。人獣兵は直ちに移動させたほうがいいかもしれません」

必死の形相で訴えるハザウェイを目の前にしながら、イリアは虚ろな目で辺りを見回す。

羽秀があの若者を助けた。そしてどこかに消えてしまった。

なぜだという言葉が、イリアの脳内を回っている。

「『秦安』の科学力を侮っていました。私もすでに気付いていた、ある種のウイルスに対する脆弱性に、やつらも気が付いたようです」

ハザウェイは何の話をしているのだろう。不死身のように思えた人獣にも、弱点があったということか。けれどイリアは、一度としてハザウェイの口からそれを聞いたことはない。

けれど今は、ハザウェイを責める言葉も浮かんでは来ない。

羽秀がいない。勝手に自分の側を離れたのだ。イリアはまるで迷子になった幼児のように、不安になっていた。

「これは人間の風邪と似たようなものです。伝染力が弱いといいが……。やつらはこのウイルス兵器を、大量に生産することでしょう。一刻も早く、これが成功したと知っている、あの裏切り者を見つけ出して、始末するべきです」

十年以上掛けてきた研究の成果が、一瞬で崩れ去ることを予感したのか、ハザウェイは必死だ。

イリアはつーっと額から流れるものを感じた。汗だろうかと、ハンカチを取り出して拭う。すると綺麗なリネンのハンカチは、瞬時に赤く染まった。どうやらライトの破片で、額を切っていたらしい。

「すべての人獣に伝染するのか？」

抑揚のない声で、イリアは訊ねた。

「直接触れなければ大丈夫だと思います。空気感染するほどのことはないでしょう」

「触れたら……うつるのか？」

「接触感染は考えられます」

「ハシュー！」

イリアはハザウェイの側を離れ、ふらふらと歩き出していた。

瑛蓮がウイルス兵器を撃ち込んだ相手を、羽秀は殴っていた。しかも一度ではない、何度も、何度もだ。もしかしたらあの人獣兵が吐き出した血に、触れていたかもしれない。

「ハシュー、どこにいるんだ。ハザウェイ、すぐにハシューを捜せ」

「……触れたのですか？」

緊張したイリアの様子に、ハザウェイも事情を察したようだ。すぐにイリアの側を離れ、警備兵達に命じている。

「少佐の人獣を捜し出せ。感染しているかもしれないっ」

だが警備兵達では、羽秀を捕らえるのは難しい。電磁鞭も羽秀にはあまり効き目はないし、他の人獣よりはるかに強かった。

「後は任せる。傷が酷い。手当をしてくるから」

そう言うとイリアは、自室に向かって歩き出した。

羽秀が死ぬ。

その言葉だけが、脳内をぐるぐると回っている。たかが獣だ。また新しいものを見つけ出せばいい。そう言って慰める言葉も浮かぶが、すぐに哀しみがその言葉を覆い尽くしてしまった。

イリアは部屋に入ると、そっとベネットの部屋のドアを開く。存命最長記録を続けているベネットは、今日も犬のぬいぐるみを抱いて、ただじっとしている。

水色のドレスは、ついこの間新調したものだ。襟元はレースで覆われ、長袖の袖口にもたっぷりとレースが使われている。そのせいでベネットの肌色の悪さは、ほとんど隠されている。

「この女も死ぬのかな……」

「……」

イリアの言葉に、ベネットは物問いたげな視線を向ける。その表情はとても人間的だった。

「母上……散歩でもしていらしたらどうです。ずっとそこにいるだけでは、退屈でしょ」

いつもより優しく話し掛けた。なのにベネットは、不審そうな表情を浮かべるだけだ。

豪華なベッドと、ぬいぐるみしかない世界。ここにずっとベネットを閉じこめておいた。今になって思えば、ベネットを愛していたのだとイリアは気が付く。

顧客リストなんて言い訳だ。冷酷で残酷なこの女神を、他の誰にも奪われたくなかったのだ。

もし空気感染するなら、いずれここにもウイルスは侵入してくるだろう。そうなればベネットは、放っておいても死んでしまう。

「もう一度……死ぬだけだ。だったら、好きなところで死ぬがいい」

鍵を手にすると、イリアはベネットを閉じこめていた檻を開いた。するとベネットはゆっくりと立ち上がり、買い物や散歩に出る時のように、優雅な姿で外に出てくる。

そしてイリアの怪我に気付くと、ベネットはそっとその傷口に触れてきた。そして珍しくも、心配そうな顔をする。

「おや、今日はいい表情をしますね。心配ですか？」

首を傾げて、ベネットはイリアの瞳を覗き込んでいた。

「愛してますよ、母上……。最初から、こんなに優しい女だったらよかったのに……。残酷な言葉も口にせず、ただ微笑んでいるだけの女なら……良かった……」

「ゾウネ……イリア」

「えっ？」

ベネットが喋った。不明瞭ではあるが、話すことが出来るようになったのだ。

「アイジデルワ」

そう言うとベネットは、いきなりイリアの首に手を回してきて、驚異的な力で締め付け始めた。

女といえども、やはり人獣だ。その力の強さに、イリアは振りほどくことも出来なかった。

このままでは殺されてしまう。イリアは銃を取り出し、ベネットの心臓に押し当てて引き金を引いたが、それでもベネットの体から力が抜けることはなかった。

「マタ……ウッダワネ……ワルイゴ……イリア」

ベネットは恐ろしい笑いを浮かべながら、イリアの首を押さえつつキスしてくる。

そのキスは、苦くて嫌な味がした。

このまま死ぬのだろうか。苦いキスしかしてくれない、一度は自分が殺した母親の手で。

それもいいのかもしれない。羽秀が死ぬのならと、一緒に死んでやるのもいいかもしれないと、イリアが自分らしくない考えに取り憑かれた時、ドアが勢いよく開いて羽秀が飛び込んできた。

羽秀は黙ってベネットの体をイリアから引き離す。するとベネットは、怪鳥のような叫びを上げて抵抗した。

無慈悲にも羽秀は、ベネットの腕と足、首を瞬時に折ってしまった。そうなるともう人獣といえども動くことは出来ない。

呆然とイリアは、ベネットが二度目の死を迎える様子を見守るしかなかった。

だが死はなかなか訪れず、ベネットの体はまだぴくぴくと動いている。死ねない哀れを感じて、イリアは自ら再び銃を取り、ベネットの頭部に銃口を当てて引き金を引いた。

涙も流れない。

これでベネットは自由になったのだ。感情が蘇っていたなら、イリアのことを殺したいほど憎んでいただろう。

ぬいぐるみを抱いて座りながら、ベネットは一日中、イリアを殺す夢を見続けていたのだ。

ついにイリアは、永遠にベネットを失った。けれどベネットが死んだことで、初めてイリアはベネットを本当に手に入れたような気がした。

「こいつをころすのは……わたしのしごとだ」

くぐもった羽秀の言葉に、またもやイリアは驚かねばならなかった。

「ハシュー、話せるのか?」

「……おもいだせたんだ……なにもかも」

何年も話していない口は、やはり上手く動かないらしい。発声はやはり不明瞭だが、澄んだ美しい声だった。

「そうか……思い出したのか……。では……私を殺したいんだな？」

するとと羽秀は、とても悲しそうな顔をした。時々、こんな表情をしていた。あの時も、羽秀の中に何らかの感情は生まれていたのだろうか。

「人獣には、永遠に感情はないと思っていたのに」

「けものにも、こころはある」

「ああ、そうだったな。犬にも心はあったものな」

イリアは手にした銃を見つめる。これで頭部を撃てば、羽秀の動きは止まる。万が一生き延びても、今度こそ本当に獣以下の存在になってしまうだろう。

銃を羽秀の頭部に突きつけた。羽秀なら軽くイリアの腕などねじれるのに、あえて羽秀は何もしようとしない。ただじっとして、悲しげにイリアを見つめている。

「どうした……抵抗しろ。自分にされたことをもっと思い出せ。そうすれば憎しみがまた増すだろ」

「えーれんが、いきていた。だからもう……しんでもかまわない」

「えーれん？　そうか、あの若い男が、羽秀の恋人か……」

どうしてあの時、自らの手で瑛蓮を殺してしまわなかったのだろう。それが失敗だったと、今更のように後悔が押し寄せた。

「私が殺してやればよかったな。そうしたら、天国で結ばれただろう」

「……てんごくで、むすばれるのは、おまえでいい……」

羽秀はそっと手を伸ばしてきて、イリアの頬に触れてきた。

「何を言っている?」

「えーれんは、あいをしっている。だから、しあわせになれる。おまえは……しょうがい、あいをしらない、かわいそうなおとこだ」

イリアはくっくっと声を忍ばせて笑い出した。

「私が可哀想だって?」

「そうだ……だから、かみは、わたしをおまえにあたえた」

引き金が引けない。もしこれを引いてしまったら最後、羽秀のこの素晴らしい言葉も聞けなくなってしまう。

「愛なんて知らなくていい……それでも人は生きられる」

横たわるベネットの亡骸に、イリアは視線を向ける。愛を売り物にしていた女の、悲しい最後の姿がそこにあった。

「わたしを、あいさなかったのか?」

羽秀の言葉に、イリアは力なく首を振る。

「自惚れるな。犬程度には可愛がったが、おまえは私の性具でしかない」

「つよがりをいうな……。こんなからだになってからのことも、わすれてはいない」

では羽秀は、これまでのことをすべて覚えていたというのか。イリアの執着が特別で、それは愛とも呼べるものだと羽秀は分かっているのだろうか。

イリアはこれまで感じたことのない、羞恥心というややこしい感情を羽秀に対して抱いた。

何もかも見透かされていると思うと、恥ずかしさで苦しくなってくる。思わず銃を握る手に力が入っていた。

「うてばいい。だが、わたしなら、しぬまえに、おまえをころせる」

羽秀はじっとイリアを見つめ、悲しげに微笑んだ。

「どうせ、わたしはしぬのだろう？　だったらイリア、いっしょにしのう」

「……この私に死ねと命じるのか？　そんな面倒なことせずに、さっさと殺せばいいじゃないか」

思い切り嘲笑してやった。なのに羽秀は、何を思ったのかイリアの体をそっと抱き締めてきた。

こんなことをされたぐらいで狼狽えるなと、イリアは羽秀を振り解こうとしたが、それは許されなかった。

「いきていても……おまえには、もうなにもない」

「何もないだって？」

「ちいも、かぞくも……わたしもうしなって、いきていけるのか？」

人獣兵器は失敗したのだ。そうなったらもうイリアの権力を維持しておく理由が、イヴァンにもなくなる。むしろこれ幸いとイリアを糾弾し、退官へと追い込むに決まっていた。

そんな辱めを受けるくらいなら、いっそここで羽秀の手に掛かって死んでしまったほうがいいかもしれない。

敗北感を味わって生き続けるより、開発に全力を注いだ人獣の手によって殺された男として、伝説になってしまえばいいのだ。

死神が優しく誘惑してくる。その声にいつかイリアは耳を傾けていた。

「じんじゅうは、おろかではない。しぬとわかったら、ふくしゅうするだろう。イリアが……やつざきにされるのなど、みたくないんだ」

羽秀の言葉に、イリアは不安になって耳を澄ませた。

いつもより騒然としているのは、羽秀を捜しているからだけではなさそうだ。何かが壊れる音と、警備兵がいきなり発砲する音が聞こえた。

「そうか……いよいよ終わりか」

死神が笑っている声が聞こえるようだ。人間の死すら自由に出来ると思ってきたが、そう簡単にはいかなかった。運命は一気にイリアに復讐を開始する。

負けたのだと、ついにイリアは悟った。

「殺すなら、殺せばいい。ハシューと心中か、ああ、いいさ、それもいいだろう。だが……そのまえに、少し時間をくれ」

イリアは銃をポケットにしまうと、そのまま羽秀から離れて金庫に向かった。そして鍵を開くと、中から無数の書類を取り出し、バスタブに放り込んで火を点けた。

そこにはベネットの店の顧客リスト、そして政府関係者のスキャンダルなどが書かれたものが無数にあった。

「ハシュー、私は別に愛を知らないわけじゃない。私のことを心から愛してくれた人間に、巡り会えなかっただけだ」

「……」

「母のことも、おまえのことも愛していた。けれど私は、相手に痛みと苦しみを与えることでしか愛することが出来ない」

もしかしたらイヴァンのことも、愛していたのだろうか。最後の最後まで、苦しみしか与えなかったというのに。

そう思いながらイリアは、いつか脅迫のネタに使えると思って取って置いた、イヴァンからの愛の手紙を火にくべる。

「私の鞭は痛かっただろう」

「それをふるう……おまえのこころがいたい」

何を言っているのだろう、この獣はと、イリアは笑い飛ばそうとして失敗した。

頬に生ぬるいものを感じる。それが血ではなく、涙だと知るのに少し時間が必要だった。

ハンカチが欲しい。けれどリネンの綺麗なハンカチは、すでに汚れてしまっている。血に染まったハンカチを、イリアは火の中に落とした。

そして手のひらで涙を拭う。ハンカチのように上手く拭き取れなくて、イリアの顔は煤で少し汚れていた。

「首輪を外してやろう。皇子には相応しくないからな」

ポケットから鍵束を取り出したイリアは、もっとも小さな鍵で羽秀の首輪の施錠を外す。

「かんしゃのしるしに……」

羽秀はそう言うと、イリアの手を取り恭しく唇を押し当ててきた。

ここにいるのはもう獣ではない。悪魔の呪いから自由になった、若く気高い皇子だった。

「いつ殺してもいい。だが、少しでも私を愛してくれていたのなら……ハシュー、もう一度、私を抱いてくれ」

自分でも何を口走ったのか分からない。

だがもう言ってしまった。

それはイリアが初めて口にする、嘘ではない、真実の愛の誘いだった。

「そんなに……わたしにだかれたいのか？」

「愛の言葉なんて嘘ばかりだ。肉体の欲望だけは、嘘がない……。その瞬間だけでも、人は自分に素直になれる」

獣のように、欲望にだけ忠実でいればいい。そうすれば死の恐怖も、敗北感も味わわずに済む。

この戦争は直に終わる。この国は負けたのだ。

科学力にだけ頼って勝てると信じていた。だが所詮イリアは、根っからの軍人ではない。相手の戦力を過小評価し、自国内の裏切り者を見つけ出すことも出来なかった。

「アーロン・ミシュレーか……。何となく気にくわなかったが、そうか……裏切り者だったんだな」

アーロンの背後には、同じような志の者が大勢いるのだろう。それすら気が付かないままだった。

もし羽秀を手に入れていなかったら、イリアももう少し慎重になったかもしれない。

イリアは愛に溺れて、見なければいけないことから目を逸らしていたのだ。

すべてを燃やし終えると、イリアは部屋に鍵を掛けた。

「私を殺すんだろう、ハシュー?」

軍服の上着を脱ぎながら、イリアは物憂げに訊ねる。

「いのちごいを、するつもりか?」

「いや……つまらない死に方をするくらいなら、おまえに殺されるほうがましだ」

椅子に座り、ブーツを脱ぐ。ピカピカに磨かれていたが、これもすべて羽秀がしてくれていたことだった。

「私を殺してから、あの男の元に行くつもりか?」

今更のように、あの男に嫉妬している自分にイリアは気が付いた。自分の元を去ってから、羽秀があの男を腕に抱いて、真実の愛の言葉を告げるのかと思うと、許せない気がしてしまう。

恋人に会う前に、羽秀が死ねばいい。そうすればイリアの中に、後悔という文字は生まれない。

「……えーれんには、もうあわない……」

「追えばいいだろ。そして抱いてやれ。喜ぶに決まってるっ」

何をヒステリックに喚いているのだろう。これではまるで醜く嫉妬している女のようだ。

イリアはシャツを引きちぎるようにして脱ぐと、酒のある場所に移動した。グラスにも注がずに、強い酒を一気に煽る。だらだらと口から零れでた酒が、白い胸を汚した。

「そんなものをのまなくても、くるしみは、すぐになくなる」

羽秀はイリアの手から酒を奪うと、いきなりその体を横抱きにして寝室へと運び始めた。

「えーれんはおわない。もう、かれには、わたしはひつようないんだ」

「嘘だ。今でも、愛してるくせに。あいつはハシューが化け物だって、きっと愛してくれるさ」

「いいや……もうおわった。わたしのほんとうのいのちは……えーれんにささげた。あれですべておわったんだ」

あの男はきっと羽秀を殺せと命じられていたのだろう。

何度も、何度も羽秀の名を呼んでいた。どれだけ愛していたのか、イリアには分かりようがない。

あの男は羽秀を撃てなかったから、もしかしたら今でも深く羽秀のことを愛しているのかもしれない。

ついに最後だというのに、イリアは自分が勝ったと思いたい。

戦争には負けた。けれどイリアはあの男から、羽秀を奪い取ることには成功したのだ。

「そうだな……ハシューがいてくれるなら、それだけでいい。あの男を追わないと言うなら、もうそれ以上は何も望まないから……」

優しくベッドに横たえられたイリアは、自分の上に覆い被さってくる羽秀の体を強く抱いた。

「おかしいだろ？　この私が、嫉妬しているんだ」

「にんげんのしょうこだ」

「……そうだな。あの男が新しい恋人を作っても、ハシューはもう嫉妬しないのか」

「しない。しあわせになるなら……それでいい」

羽秀は優しく、イリアの額にキスをすると、突然、異国の言葉で歌い始めた。

何の歌だろう。イリアにはその歌詞の意味が分からない。けれど訊くのは止めた。

物悲しいメロディーにも聞こえるが、それはきっととても美しい歌なのだ。

死の手向けに、羽秀は歌を贈ってくれたのだろう。今の羽秀には、他に何もイリアに与えられるようなものはないのだから。

歌いながら、羽秀は優しくイリアの体を愛撫する。その手の動きに、憎しみは一切感じられない。

愛されていると錯覚したまま死ねるのかと、イリアは満足そうに微笑む。

遠くで何かが爆発したような音がした。続けて警戒のサイレンがけたたましく鳴ったが、イリアは羽秀の歌う声だけを聞いていた。

「これはきっと、十七歳の時に見ていた夢なんだ。明日にはまた……同じような日がやってくる」

羽秀の歌声が途切れると、その髪を優しく撫でながらイリアは呟く。

「黒髪の皇子に……恋をした。あれは……きっとおまえだったんだ。十年後に手に入れるおまえの姿を、見ていたのに違いない……」

目を閉じると、華やかな夜会にイリアは立っていた。

紫のスーツと、紫水晶を散りばめたタイ。靴はピカピカで、シャツは真っ白だった。

黒髪の皇子は異国の正装をしている。けれどこの皇子は、あの皇子とは別人だ。なぜならイリアの手を取って、恭しく唇を押し当ててくれたのだから。

『花の季節の秦安は美しい。一度、イリアを連れていきたかった』

夢の中の皇子が話している。もしかしたら現実に、羽秀が話しているのかもしれない。

『もし……魂が再生するのなら、次はもっと幸せな場所で生まれるといい。そうしたら、もっと違った生き方が出来るだろう』

「……同じことさ。私は、欲が深いんだ」

『側にいて、導いてやれるといいのだが……』

イリアは再び目を開いた。すると正装はしていない、裸の皇子がそこにいて、いつもと変わらない悲しげな瞳でイリアを見つめていた。

「だったらずっと側にいてくれ。この魂が、二度と迷わないように、ずっと、ずっと離れずに、私の側にいてくれ」

「そうだな……そうしよう」

羽秀はこんな時でも、しっかりと屹立したものをイリアのその部分に押し当てる。そして慣れた様子で、中に押し入れてきた。

なのに何も感じない。イリアは焦って自ら性器を握ろうとしたが、その途中で諦めた。

本当に欲しかったのは何だったのか、分かったような気がする。

「愛していると、言ってくれないか?」

「……あいしている、おろかで、そうめいなイリア……」

愛を囁く羽秀の手が、イリアの首に触れていた。

建国二〇一三年

牧草地の間を、バイクが走り抜けていく。ヘルメットとゴーグルが、瑛蓮の美貌をすっかり隠してしまっていた。

バイクの後ろには、大きく赤十字の描かれた、ステンレス製の医療バッグが括り付けられている。それを見れば、バイクの乗り手が誰かは、近在の住人の誰にも分かった。

農家の家の前まで来ると、瑛蓮はバイクを駐める。医療バッグを下ろしているうちに、この家の主人が外に出てきて走り寄ってきた。

「ドクター・エーレ、わざわざこんな辺鄙(へんぴ)なところまですいません」

「いいえ、息子さんの熱は？」

「さがらねぇんで、水で冷やしてます」

案内されるまま入っていくと、粗末な木のベッドには、まだ幼い少年が苦しそうに横たわっていた。すぐに瑛蓮は手を洗い、さらにアルコールで消毒してから少年に触れる。

「裸足で走り回っていたね。腐った木を、踏み抜かなかった？」

少年の左足は腫れていて、膿(う)んだ傷口が嫌な臭いをさせていた。

「少し切るよ。痛くない薬を使ってあげるから、頑張って耐えるんだ。奥さん、ボロ布を煮て乾かして、包帯をたくさん作ってください。傷口からばい菌が入って、破傷風になっているから、中から膿を出すけど、その後は飲み薬と、塗り薬を忘れないで」

てきぱきと指示する瑛蓮の様子に、農家の夫婦はただ頭をさげるばかりだ。

瑛蓮は診察料をほとんど取らない。代わりに、今の住まいであるミシュレー家の別荘に、収穫したものから少しでも何か届けてくれればいいと言っていた。

簡単な手術はもちろん、お産の手伝いもする。その合間に衛生指導を行い、子供達に読み書きまで教えた。

生きている。そう、瑛蓮は生きているのだ。

戦争は終わった。特殊化学研究所が崩壊し、人獣すべてが葬られてから停戦までは、僅か三日だった。あのウイルス兵器が効果があると知った黎秀は、陸軍一個師団、航空隊と総力を挙げて、特殊化学研究所を狙ったのだ。

病床にあったイヴァンに代わって、国務大臣が停戦条約にサインした。

そしてすべてが終わった。

破滅を知ったハザウェイは、研究所を自ら爆破して逃走した。その途中、人獣兵に襲われたということだが、詳細は分かっていない。

イリアと羽秀の消息も分からないままだ。二人の遺体らしきものは、どこからも発見されていない。それだけは黎秀にとっては、心残りだっただろう。

瑛蓮は職務を全う出来なかったが、ウイルスが効果があると証明出来たことで、黎秀から許された。『秦安』に戻って、医学者の道に進むことも許されたが、あえて瑛蓮は国外追放処置を望んだ。皮肉なことに、イリアが望んだとおりに、王制は終わり、共和制政府が新たに誕生した。レジスタンスに協力したことで、新政府は瑛蓮に新たに国籍を与えてくれたのだ。

アーロンは新議会の議員となり、今は国政に参加している。そのせいで、この別荘には週末しか帰って来ない。瑛蓮は何度も、首都で開業するように言われているが、医者などというものは貴族だけが頼めるものだと思っている農民や商人達のために、瑛蓮は働いていたかった。

治療は終わった。診察はただでも、薬代は必要だ。それを瑛蓮は、アーロンに甘えている。だがアーロンの収入だって、領民の納める税で潤っているのだから、こんな還元方法があってもいいと思っていた。

「ドクター・エーレ。ミシュレーの若様にも、よろしくお伝え下さい」

農民の主人も、誰がこの無報酬ともいえる治療を支えているか、よく分かっている。

「ああ、週末に鹿狩りに戻られるそうだから、森には行かないように、子供達に注意したほうがいいですよ。流れ弾にでも当たったら大変だ」

瑛蓮はきさくな調子で言うと、再び医療バッグをバイクに括り付けて、次の診察地に向かう。関節炎の年寄りには『秦安』産の漢方薬がよく効く。それを瑛蓮は無償で届けてしまうのだ。

バイクを走らせながら、瑛蓮はアーロンと出会えたことを、心から感謝していた。

もしあそこで命を落としていたら、こうして人々を救うことも出来なかったのだから。

森の側を通ると、鹿が前を過った。

上手く逃げろと、瑛蓮は願う。狩りはアーロンの楽しみだと知っているし、食卓に肉がなくなる可能性もあるというのに、ついそんなことを考えてしまう。

「獣にだって、きっと感情はあるんだ」

今でも、羽秀の最後の叫びが時折蘇る。一緒に死ぬことは出来なかったけれど、羽秀の魂を救えたんだとやっと思えるようになってきた。

肉体は滅んでも、魂はきっとどこかにある筈だ。それは天界に戻ったのか、またはまだこの地上にあって、瑛蓮のことを見守ってくれているのか、知ることは出来ないままだったが。

薬を届けると、ミシュレー家の別荘に向かう。明日はアーロンが狩りに出るので、別荘の管理人であるトムは忙しい。若様の滞在が少しでも快適であるようにと、気を遣っているのだ。

のんびりバイクを走らせていたら、前方を走っている車に気が付いた。アーロンの車だ。思っていたより早く帰れたようだ。

瑛蓮はスピードを上げて、車と並んで走り出す。すると車の運転席の窓が開き、アーロンが笑顔を向けてきた。

「ドクター・エーレ。相変わらず往診で忙しそうだな」

「お帰りなさい、ミシュレー議員。早かったですね。きっとトムが、支度が出来てないと慌てますよ」

「いいさ。それなら二人で料理でもして、トムを手伝ってやろう」

明るく笑いあう二人の前に、別荘が近づいてきた。

空にふわふわと浮かぶ羊雲が、夕陽を受けてピンク色に染まっている。風は穏やかで、牧草地のところどころに咲いた、小さな花を揺するだけだった。

放牧されていた羊達は、犬に追われて家路を急ぐ。鳥達も巣に帰るために、群れをなして空を舞っていた。

静かで、平和な夕暮れだ。そんな夕暮れに相応しい幸福感に、瑛蓮は包まれていた。

別荘の前で、車とバイクは同時に駐まる。車からは、軍服ではなくスーツ姿のアーロンが降りたって、瑛蓮に向かって大きく腕を拡げていた。

瑛蓮は黙ってその腕の中に飛び込む。

生きているというだけで、幸せなのだと教えてくれたアーロンの腕の中は、変わらずに温かだった。

「アーロン、お帰りなさい」

「首都に来ればいいのに、田舎が好きなんだな、エーレは」

今ではもう瑛蓮とは呼ばれない。以前に望んだように、エーレと呼ばれている。

アーロンは瑛蓮の顔を持ち上げ、優しいキスをしてくる。それに応えるために目を閉じると、瞼の裏にふっと羽秀の姿が過った。

けれどその姿は獣ではなく、以前のままのものだった。

二人で老いることはなくなった。瑛蓮の心の中にいる羽秀は、いつまでも変わらずにその姿のままなのだろう。

「何を考えてる？」

アーロンは少し心配そうに訊いてきた。

「十年後のあなたを……思い浮かべてました」

するとアーロンは困ったように笑う。きっと十年後も、この笑顔だけは変わらないのだと瑛蓮は確信していた。

# あとがき

いつもご愛読ありがとうございます。

何だかリンクスロマンスでは、すっかり獣めいているようでございます。今回もどこか別世界の、獣絡みの話になってしまいました。

最近は草食系男子、肉食系女子などと、すっかり獣分類されることも多くなりましたが、あなたはご自分が何タイプだと思われますか？

私は、ずばり雑色系だと思っております。時と場合によっては、草食系のように静かにおどおどとしておりますが、いざっとなったらガバァーッと口を開いて肉食に変身。

そんな感じでしょうか。

男性もやはり雑色系が好みかもしれません。草食系だと、うじうじしていそうだし、肉食系だと何か鬱陶しい感じがするし……。臨機応変、シマウマからライオンに豹変するような男子ですと、大変好ましく思われます。

しかし文明が進むほどに、人間の獣性は失われていくようです。獣性というと、悪いイメージばかりのようですが、そんなことばかりでもないでしょう。いわゆる危険察知能力なんてものは、獣の一員であった人間にも備わっていたものなんですから。

ん……賞味期限切れか……まだ食べられる？　クンクン、よし、本能が食べてもよいと言っている。食べてしまえ……って、そんなことにしか、獣性を使ってないのか……私。もっと有効に、本来持っている筈の能力を使ってみたいものですよね。

イラスト御願いいたしました、北沢きょう様。雑誌に引き続き、麗しいイラストをありがとうございます。雑誌掲載時にはじっくり見られなかった、別カップルを今回は堪能させていただきました。鞭が……うっとりでした。

担当様、いつも好きなものを書かせていただき、感謝しております。ノベルズに出来て、大変嬉しかったです。

そして読者様、別世界のありえない話にお付き合いいただき、ありがとうございました。異世界を覗き見られるのが、こういった趣味世界の何よりの楽しみ。楽しんでいただけたなら幸いです。

それではまた次回、リンクスロマンスで。

剛　しいら拝

初出
獣となりても ―――――――― 2008年 小説リンクス4月号掲載作品を大幅に加筆修正

この本を読んでの
ご意見・ご感想を
お寄せ下さい。

〒151-0051
東京都渋谷区千駄ヶ谷4-9-7
(株)幻冬舎コミックス　小説リンクス編集部
「剛しいら先生」係／「北沢きょう先生」係

リンクス ロマンス

# 獣となりても

2009年6月30日　第1刷発行

著者……………剛しいら
発行人…………伊藤嘉彦
発行元…………株式会社　幻冬舎コミックス
〒151-0051　東京都渋谷区千駄ヶ谷4-9-7
TEL 03-5411-6434（編集）
発売元…………株式会社　幻冬舎
〒151-0051　東京都渋谷区千駄ヶ谷4-9-7
TEL 03-5411-6222（営業）
振替00120-8-767643
印刷・製本所…共同印刷株式会社
検印廃止


ISBN978-4-344-81679-4　C0293
Printed in Japan

幻冬舎コミックスホームページ　http://www.gentosha-comics.net